置物王妃の白い婚姻

蛇神様の執着により、気ままな幽閉生活が破綻しそうです

小　野　上　明　夜

M E I Y A　O N O G A M I

一迅社文庫アイリス

CONTENTS

序　章　強き王女　8
第一章　哀れなり置物王妃　15
第二章　求婚者の正体　56
第三章　友の面影　112
第四章　目覚めた神　160
第五章　授かりし力　210
終　章　仇と家族　258
あとがき　268

置物王妃の白い婚姻
蛇神様の執着により、気ままな幽閉生活が破綻しそうです
カイム
離宮に封じられていた蛇の神の化身。唐突にアンジェリカの前に現れて以来、彼女のことを気に入り、日参するようになったけれど……？
アンジェリカ
プラパータ王家直系の姫。仇であるヨハンセンに形ばかりの王妃にされ、世間からは「置物王妃」と馬鹿にされている。結婚当初から現在まで、蛇の離宮に幽閉され、不自由な生活を余儀なくされているはずだけれど……？

CHARACTER

ヨハンセン

現プラパータ王。
正統な直系王族から王位を簒奪した男性。

レクシオ

蛇の離宮の庭師。
アンジェリカの幼馴染の青年。

ルージュ

好奇心旺盛なリス。
アンジェリカのことが大好き。

イーリュー

人に化けられる猫。
アンジェリカの侍女として活躍している。

WORDS

プラパータ王国

獣の神に愛され、鮮やかな色彩を好む国。
神々の力を借りて建国された国として知られている。

イラストレーション◆ねぎしきょうこ

置物王妃の白い婚姻　蛇神様の執着により、気ままな幽閉生活が破綻しそうです

Okimono Ouhi no Shiroi Konin

序章　強き王女

生まれた時から住んでいる、華やかな宮殿がみるみる異様な喧噪《けんそう》に包まれていったのをよく覚えている。

様々な香辛料と清らかに青いアイモクセイの香りを押《お》し退《の》け、漂う血の匂い。人々と動物たちの悲鳴、罵倒。平和の象徴として、あちこちに据えられた白牛の像の微笑《ほほえ》みさえ、この国が辿《たど》る悲しい運命を憐《あわ》れんでいるように思えてならなかった。

「お、お兄様……」

先日八歳を迎えたばかりの幼い王女は、震えながら兄の手を握り締めた。誕生日の祝いとして新調してもらった、白いカフタン——足首まで丈のあるゆったりした長衣——と同じぐらいその顔は白い。

「しっ。大丈夫、アンジェリカ。静かにしているんだ。相手は同じ人間、ましてや血の繋《つな》がった者同士だよ。話し合えば、きっと分かってくれるから」

妹と同じ、艶やかな黒髪と磨かれた黒曜石の瞳を持つ美しい王子は、不安を訴えるアンジェリカを優しく抱き締めてくれた。鎧《よろい》の冷たい感触が少し悲しかったが、最高級の白檀《チャンダナ》の爽やかな甘い香りが不快な臭気を打ち払ってくれた。

兄ユースカリヤはアンジェリカより十以上年上だ。子供の眼《め》から見れば十分大人である。しかも眉目秀麗、文武両道、鮮やかなるプラパータの王は次代も名君間違いなしと保証された、自慢の兄だ。彼の言うことに過ちはないだろう。アンジェリカはほっと肩の力を抜き、明るい笑顔を取り戻した。

「そうですよね、お兄様がおっしゃるなら、きっと大丈夫。いざとなれば私が、お父様もお母様もお兄様も守って差し上げます！」

「さすがだ、頼もしいね」

勇ましい宣言にユースカリヤも勇気付けられたのだろう。わずかに肩の力を抜いた瞬間だった。

国王一家が立てこもっている謁見の間の扉が、巨大な指で弾《はじ》かれでもしたかのように開いた。内側からかけていた閂《かんぬき》ごと破壊された扉から、色とりどりの武具を身に着けた男たちが押し入ってくる。

その先頭は、貧弱な肉体をごまかすように一際派手に武装した黒髪の青年である。にやにやと意地の悪い笑みを浮かべているが、顔立ち自体には国王一家と共通する部分がある。

彼ではなく、彼に寄り添って警護をしている壮年の武人を見て、父王は覚悟を決めたようだった。

「……本当にお前まで寝返ったのか、クーリッツ」

クーリッツと呼ばれた武人は厳《いか》めしく唇を引き結んだまま、何も答えない。忠実な部下の苦しい胸の内を読み取った王は、この場に残った数少ない警備兵では、名将クーリッツと共に寝返った国王直属軍《イエニチェリ》に対抗できないことも悟ったようだ。自ら反逆者の前に進み出た。

「ヨハンセンよ、玉座が欲しいなら私だけを殺せば良い。どうか」

それを見たヨハンセンが、嘲笑に顔を歪《ゆが》ませながら剣を振り上げた。

――ここからのアンジェリカの記憶は、ところどころ途切れている。

潔い発言と共に踏み出したはずの王は、気が付くと磨き抜かれた床と精緻な刺繍《ししゅう》がされた絨《じゅう》毯《たん》の境目に倒れていた。なぜその首と胴が離れているのか分からなかった。付近に据えられている白牛の微笑みに、鮮血が点々と飛び散っている。

「陛下！」

はっと息を呑《の》んだ警備兵たちがヨハンセンに襲いかかった。しかし彼らは、ヨハンセンが視線を向けた途端にばたばたと倒れていった。

「馬鹿、やりすぎだ。私の動きに合わせろと言っただろう……！」

焦ったような小声でヨハンセンが何か言った、ような気がしたが、はっきり覚えていない。

静まり返った謁見の間に響いた、上ずったユースカリヤの叫びを一秒でも長く聞いていたかった。

「お、お前……いつの間に、そんな腕を……!?」

斬撃の速さも、骨という固い芯を物ともしない剛力もだが、眼力だけで屈強な兵士たちの意識を奪うとは。人間業とは思えない、語り部が教えてくれた神話の中の出来事のようだった。

一瞬で父を失った衝撃はもちろん、自分をも上回るヨハンセンの腕前に、ユースカリヤは大層驚いたようだ。アンジェリカもあ然としながら、兄の服の裾を握り締めていた。

ヨハンセンも王族の一人ではあり、クーリッツの指南を受けてはいるものの、ここまで優れた腕前ではなかったはずだ。ひそかに修行を積み、自分のほうが王に相応《ふさわ》しいとクーリッツを納得させたのだろうか。

「お願いです、子供たちは見逃して！」

混乱している兄妹の前に王妃が飛び出した。そこで再びアンジェリカの意識は途切れ、白牛の微笑みに新たな血が跳ねた。

「お母様！　えっ、お兄様……？」

「――大丈夫」

がくがくと震えているアンジェリカを、兄がまた抱き締めてくれた。切ないほどに甘いチャンダナの香りが兄妹を守るように包む。押し寄せる敵兵を察して出て行ったきり、二度と帰らなかった兄の愛犬の匂いと混じったそれが、アンジェリカの記憶に焼き付いた。

「お前は強い子だ、アンジェリカ。だから、おとなしくしているんだ。いいね」

優しく言い置いて、ユースカリヤが歩き出す。その指先が腰の剣に伸びた瞬間、クーリッツは身を固くしたが、ユースカリヤは掴《つか》んだ剣を捧《ささ》げ持ってヨハンセンの足元にひざまずいた。

「ヨハンセン……お願いだ。この剣は君に譲ろう。だからアンジェリカだけは殺さないでやってくれ。君にとっても、アンジェリカは妹のような」

「うるさい！」

絶叫したヨハンセンはユースカリヤが捧げた剣を掴んだ。次代の王の証《あかし》として、父王から賜った無数の宝玉に飾り立てられたその剣は、ずっときらきら輝いていた。白い鎧の上からとはいえ、無抵抗の兄の体に、何度叩《たた》き付けられようとも。

「お前が、お前が！　私は昔から、お前が一番嫌いなんだ!!　何が始祖ユリヤの再来だ、気取りやがって！　本当は私を見下しているくせに、その取り澄ました優等生面が一番嫌いだったんだ……!!」

――どれぐらい、時が経《た》ったか。全てが赤くぼやけた視界の向こうから、愉快でたまらないといったヨハンセンの声が響き渡った。

「ああ、殺さないさ」

耳障りな金属音を立て、乱暴な使用によって刃こぼれした剣が放り出された。兄の血でべったり濡《ぬ》れた仇《かたき》の手が、アンジェリカの右手を掴む。

白いカフタンの上に青々と刺繍されたアイモクセイまで赤く染まっていく。我が国には豊富な色が在るからこそ、それをより際立たせる白が王家の色なのだと、アンジェリカは家族から繰り返し教わっていた。

「アンジェリカ。お前は今日から、私の妻になるのだからな！」

粘ついた手を、アンジェリカはじっと見た。そこら中にできた家族の血の溜《た》まりを見た。

鮮やかなるプラパータ。豊かな色彩と獣の神の愛に恵まれ、白い牛の加護を受けた宮殿は今や、見る影もなく赤い。

体内を巡る同じ色が急激に沸騰していく。零《こぼ》れる端から涙が乾いていく。ばち、と火花のようなものが散り、ヨハンセンが眼を剥《む》いて彼女から手を放した。

「な、なんだ、なんだなんだなんだ⁉」

偉そうな態度から一転、おろおろする様が昂《たか》ぶった神経に障って仕方がない。一応同じ一族ではあるため、半端に家族と似ている姿が憎くて仕方がない。

同じ目に遭わせてやる。

同じ姿にしてやる。

いいや、それでは足りない。父以上に、母以上に、兄以上に苦しめて苦しめて苦しめてやるんだ！

ぐらぐらと脳が煮えるような衝動に従いかけたアンジェリカの肩を、亡き兄の声と香りが静かに抱いた。

お前は強い子だ、アンジェリカ。

そこに秘められた遺志を感じ取った瞬間、全てを吹き飛ばすような衝動がアンジェリカの中から去った。

彼女の瞳から反抗心が消えたのが分かったのだろう。ヨハンセンが勢いを取り戻した。むしろ一度怖い思いをした分、肥大した自尊心は代償を求めていた。

「お、脅かしおって。生意気なガキめ、お前のことだって昔から大嫌いだったんだ!!」

飛びつくようにして、ヨハンセンはユースカリヤの血に濡れた剣を拾い上げた。熱い痛みが、アンジェリカの足を斬り裂いた。

第一章　哀れなり置物王妃

　あれから十年が経過した。獣の神に愛されし国、鮮やかなるプラパータ王国の「王妃」は数ヶ月に一度、早ければ三日に一度入れ替わると噂《うわさ》されている。

「現在の『王妃』様は……伯爵家の養女であらせられたかね、一応」

　白牛殿と親しまれている、聖なる白い牛の意匠が目立つプラパータ王宮の大広間にて、本日は季節ごとに開催される舞踏会が開かれている。ふんだんに飾られた春の花々に負けず、華やかな色合いと刺繍《ししゅう》で着飾った貴族たちは、手間暇かけた飾り付けには眼《め》もくれず噂話に忙しい。

「娼婦《しょうふ》風情が、無理矢理箔《はく》を付けて王妃気取りとは。見なさい、連れた犬までふんぞり返っている。嘆かわしい世の中になったものだ」

　美しいがどこか品の欠けた黒髪の女性が、茶色い中型犬を連れ、我が物顔で広間の中を練り歩いている。獣と相思相愛の国であるため、他の招待客が連れた愛玩動物も多い。だが「王妃」と連れの犬に怯《おび》え、大半が主《あるじ》の陰に隠れてしまっていた。

　その様を眼にするたびに、「王妃」の唇がつり上がる。周囲の白い目を一応気にしていたらしく、国王に大金を積ませて財政が厳しい伯爵家の名を手に入れたばかりだ。高貴な手を露出させないため、袖口が非常に広い妃《きさき》のためのカフタンを堂々と身に着け、最早《もはや》怖い物なしといった態度だった。

「仕方がないですよ。なにせ国王陛下も、十年前に入れ替わりましたからねぇ」

黒髪の女性の隣、愛人より犬よりふんぞり返っている三十代の男性が国王ヨハンセンである。平均より小柄なのを気にしているのだろう。少しでも自分を大きく華やかに見せようと、昔ながらのマントまで着けて着ぶくれしている彼もまた、十年前は王族の一人でしかなかった。

神々の末裔《まつえい》とされるプラパータ王家の血は引いていても直系ではなく、次代の王となるべき優秀な王子が立派に養育されていた。王自体も名君として慕われていた。

だからこそ国政からやんわり遠ざけられていたヨハンセンは兵を挙げ、一世一代の賭けに勝ち、玉座を手に入れたのである。

「我らも時勢を見る眼を持っていたおかげで、現在も高貴な地位を守れたのですがね。おや、本物の王妃殿下のご登場だ」

「ええ。本物の、置物がね」

含み笑いする貴族たちから少し離れたところを、ごくゆっくりと歩いてくる貴婦人がいた。うつむきがちであるが、その顔自体は若く美しい。

ただし低い位置でまとめただけの長い黒髪や、重々しくも時代遅れのカフタンといった服装のせいで、十八歳という実年齢より老け込んで見える。舞踏会の形式自体、西から来た流行を取り入れた立食形式になって数十年以上が経過しているせいもあり、時の流れから取り残されたような印象だった。

「カフタン自体、若い庶民が日常的に身に着けるものではなくなっているようですが……豪華ではありますけど、まるで葬儀にでも赴くような格好ではありませんか」

白牛殿は鮮やかなるプラパータを象徴する場所だ。色彩が乱舞する宮殿内にあって、ほとんど黒一色であるため悪目立ちしている女性を肴《さかな》に、貴婦人たちもこれみよがしにささやき合う。

「華やかな場では、ふふ、逆に目立ちますね。十年も経《た》つのに、まだ喪に服しているつもりなのかしら？　ご家族の死を使って目立とうとするなんて、浅ましいこと。ヨハンセン陛下の女性の趣味は、本当に……」

「あら、あなたは相手にされなかったのではなくて？」

「……そうね、あの方はわがままで図々《ずうずう》しい女性がお好みのようですし」

十年前の反乱によるごたごたが収まって以来、プラパータは退屈なほどの平和を謳歌《おうか》している。代わり映えのしない暮らしに飽きている貴族たちにとって、新鮮な話題といえばヨハンセンの寵愛《ちょうあい》の行方ぐらいしかないのだ。

興味津々な視線を浴びながら、置物と呼ばれた女性は黙々と広間の中を歩いている。杖《つえ》に頼っているのに従者の一人も連れていない、賑《にぎ》やかな場にどこか怯えたような雰囲気さえ放っている女性に目敏《めざと》く気付いた「王妃」オリガが彼女に近付いた。

「あら、アンジェリカ様。いらしていたの。気付きませんでしたわ」

「あ……オリガ様。ご機嫌ようございます……」

位の高い者が低い者に話しかけるのが貴族の常識である。オリガもそれを知っていて、わざとやっているのだ。

血筋目当てにヨハンセンが妻としたものの、事実上の貴人の牢《ろう》である蛇の離宮に押し込められている本物の王妃、アンジェリカだ。前王家唯一の生き残りである。

ヨハンセンが反乱を起こす以前は兄ユースカリヤ同様、文武両道の明るく美しい王女だった。誰もに愛され、将来を楽しみにされていた。

しかし、親戚ではあるが昔からユースカリヤを妬んでいたヨハンセンに眼の前で家族を皆殺しにされた挙げ句、無理矢理その妻とされた衝撃は少女を打ちのめした。

数年の間は一歩も外に出られないまま、部屋で泣き暮らしていたという話だ。現在は多少回復しているものの、今回のように大きな式典でもなければ離宮を離れることもない。十年が経過した現在は名ばかりの妃、置物王妃などと呼ばれてしまっている。

「コーディも元気そうで……きゃっ⁉」

外部と触れ合っていないアンジェリカも、ヨハンセンの隣でふんぞり返っているオリガが現在もっとも寵愛されている「王妃」であることぐらいは知っているのだろう。機嫌を取るよう

に、連れている犬にまで話しかけようとした。

だがコーディはわん、と強く吠《ほ》えてアンジェリカの手を拒んだ。たちまちアンジェリカは体勢を崩し、その場に座り込んでしまう。

十年前の反乱の際、生き残った彼女も完全に無事というわけではなく、逃げられないよう足を斬りつけられていた。現在も老婆のような速度でしか歩くことができず、少しの衝撃でこのようにへたり込んでしまうのだ。

「あっははは！　コーディは本当にお利口さんねぇ!!　誰が偉いのか、よく知っているわ」

アンジェリカの足の不自由さも知った上で、オリガは小気味良さそうに醜態《しゅうたい》を笑う。

「プラパータ王家の血を引く者は、誰よりも動物に愛されるのではなかったのかしら？　置物どころか、偽物じゃありませんの？」

そうだとばかりに、コーディが再びわん、わんとやかましく吠え立てた。子爵の肩に留まったインコも、男爵の娘の腕に抱かれた子猿も、知らんぷりを決め込んでいる。

ヨハンセンもにやにやしているだけで妻を助けようとしない。当のアンジェリカは起き上がることもできないまま、正しく置物のように床を見つめて固まっている。転がった杖を拾う者は誰もいない。

「やれやれ、手間のかかる女だ」

冷笑に打ち据えられる王妃の姿を、ヨハンセンはしばらく見世物として提供し続けた。彼の右腕、プラパータ一の名将と誉《ほま》れ高いクーリッツが、厳《いか》めしい顔をさらにしかめて「陛下」と小声で諫《いさ》めても、数十秒は知らんぷりを続けていた。

「どうしたアンジェリカ。たまに生きている姿を見せるという、王妃としての義務は果たしただろう？　さっさと帰れ」

見かねて手を伸ばそうとしたクーリッツを制し、通りがかった給仕を呼びつけて立ち上がらせたアンジェリカに、ヨハンセンは身の程を知れとばかりに言い放つ。

「そうですね、見たくもない顔も見ましたし」

左右から抱え上げてくれた給仕たちにも聞こえない大きさでつぶやいたアンジェリカは、うつむき加減のまま頭を下げる。誰かがその顔を覗《のぞ》き込《こ》めば、怯えるばかりに見えた瞳の奥に、強い輝きがみなぎっていることに気付いたかもしれない。

「ん？　何か言ったか？」

「ご厚情感謝いたします、陛下。では、失礼します……」

ヨハンセンの聞き返しをさり気なく無視したアンジェリカは、給仕に渡された杖をしっかり掴《つか》むと、大仰に足を引きずりながら大広間を去った。

王家に雇われている御者の好奇の視線を感じつつ、アンジェリカは用意されていた馬車に乗って白牛殿を去った。

「王妃様、ひどくお疲れのようですね。失礼ながら、まだ過去の傷が痛まれますか。それとも……離宮に封じられていると噂の蛇神様の、祟《たた》りですとか？」

話の種が欲しいのか、本気で気の毒がっているのか、御者はさかんに話しかけてくる。

「プラパータの王族は、獣の神の血を引いているはずですが、それなのに正統な王族である王妃様を祟るなどあるんですかね。いや、だからこそ祟るのが道理か。神々の中で蛇だけは、我が国の祖先にも力を貸してくれなかった、邪教の神だという話ですし」

この地で語り継がれている神々は動物の姿をしているものが多く、王家の祖先は彼らの愛と協力を得て建国を成し遂げた。

しかし、蛇だけは御者が言うように協力するどころか牙を剥《む》いたと伝えられている。そのため、いまだにプラパータでは忌み嫌われている。

「王家に牙を剥いたといえば、ここだけの話、ヨハンセン陛下もそうですもんねえ。お若い王妃様をあんなところに閉じ込めてやりたい放題、陰険で陰湿な蛇そのものだ。王妃様、本当はあの方にも王妃気取りのあの女にも、言ってやりたいことがあるのでは？ここだけの話ということで、伺いますよ」

「……国王陛下の悪口を、言わないでください……」

消え入りそうな声でアンジェリカがつぶやくと、話し好きの御者は決まりが悪そうな表情になった。

「失礼しました。陛下には、どうぞご内密に」

蛇の離宮が近付いてきたせいもあるだろう。その先は御者も沈黙し、黒い蛇の文様が浮き彫りされた巨大な門の前にアンジェリカを降ろした。そして成人男性三人分ほどの丈がある門を見上げてぶるっと震えるなり、派手に馬に鞭《むち》をくれて帰っていった。

「おしゃべりなのはもちろん、無闇に鞭を使うのは感心しませんね」

肩を竦《すく》めたアンジェリカは、離宮の入り口である大門に近付く。今では失われてしまった、神々より伝授された技法で作られたその門は、彼女が近付くなり地響きを立てながら開いた。

「お帰り、アンジェリカ」

「疲れた顔をしている。夜食を用意しようか？」

恭《うやうや》しく彼女を迎え入れてくれたのは、一見人間の青年二人組だ。剥き出しの上半身のたくましさに注目が行きがちだが、勘の良い者であれば、胴回り《シャルワール》が太く足首は細いズボンを留め付ける茶色い尾が自前のものだと気付くかもしれない。

「ただいま、ビート、ゼナ。大丈夫よ、いつもありがとう」

感謝して頭を下げるアンジェリカに二人が礼儀正しくお辞儀し、分厚い金属でできた扉を強靭《きょうじん》な腕力で閉めた。

長き時を経て血が薄れ、直系の王族にさえ神々の力が顕《あらわ》れることはほとんどなくなった。普通の人間がこの門を開けるためには、屈強な戦士が十人単位で集うか、馬か象でも連れてくるしかあるまい。

つまりはこの先、憐《あわ》れでみじめな置物ごっこで人目をはばかる必要はないということだ。しゃんと背筋を伸ばし、杖を片手にアンジェリカは大股に歩き出した。重いカフタンを物ともしない足取りで歩く彼女に、どこからかリスが寄ってきて肩に乗った。

「ただいま、ルージュ。無理して起きていてくれなくて良かったのに……私は大丈夫、もうおやすみなさい」

門番を務めているビートたちもだが、リスも夜行性ではない。アンジェリカが招かれるような行事は大抵夕方から夜にかけて行われるため、大好きな主の帰りを待つためにがんばってくれているのだ。

小さな額をそっと指で撫《な》でると安心したのか、ルージュはそのまま肩の上で寝てしまった。

「お帰り、置物王妃様。季節に一度のお勤め、お疲れ様だな」

可愛《かわい》らしい姿を愛《め》でているアンジェリカに快活な声をかけてくれたのは、今度は人間の若者である。

唯一の使用人ということになっている、よく日焼けした精悍《せいかん》な青年は、庭師だが幼馴染《おさななじ》みのようなな存在のレクシオだ。仕事柄汚れやすく、動きやすさを重視していることもあり、プラパータの伝統的な衣装ではなくシャツにズボンという服装である。

「ただいま、レクシオ。ええ！　変わりなし。ヨハンセンの態度も女性の趣味も、変わりなしよ」

「そりゃ良かった。急に女の趣味が良くなって、今さらお前にべたべたしてきたら困るもんな」

燃えるような赤毛を揺らしてレクシオが口にした冗談に、アンジェリカは顔をしかめた。

「気持ちの悪いことを言わないで、レクシオ。正統な王家嫌いが徹底していて、私には指一本触れないところだけが、彼の取り柄なんですからね」

ヨハンセンは女好きで有名な上に、位の高い女性を無理矢理口説くことを好む悪趣味な男だ。

彼は単純な欲望を満たすのと同時に、未来にまで自分の名を届けてくれる優秀な跡継ぎを求めていた。

アンジェリカを娶《めと》ることで己の王としての正統性は確保した。この先は我が血筋にそれを引き継がせようというわけだ。

手を出せそうな女性は一通り漁《あさ》り終えてしまったせいで、オリガのような女にまで寵愛を与えている。しかし前王家の女などは、名ばかりの王妃、置物で十分という扱いなのだ。

「……そりゃそうだ。悪かったよ」

レクシオとしても、この期に及んでヨハンセンがアンジェリカに手を出すなど、想像するだけで背筋が寒くなる。たくましい肩を縮め、素直に謝ってくれた。

「変わりなしってことは、跡継ぎに恵まれた様子もなし、か」

「そういうこと。ただし、ヨハンセンの女性問題以外に大した話題もないようです。鮮やかなるプラパータは平和ということよ」

話をまとめようとしたアンジェリカだが、レクシオはまだ何か言いたげだ。

「そうだな。なら、あの野郎にこれ以上、玉座を貸しておいてやる必要も……」

「レクシオ」

流れるように不満を口にしかけたレクシオを、アンジェリカは軽くにらみつけた。

「なに、命の恩人に文句でもあるのかしら？」

「……お前、それはずるいぞ」

苦い顔になったレクシオへ取りなすように微笑《ほほえ》みかけたアンジェリカは、ルージュを肩に乗せたまま自分の部屋へと向かっていった。


邪教の神殿などと言われているだけあって、蛇の離宮は各所に彫り込まれた蛇の紋章もだが、作りそれ自体が神殿めいている。

プラパータの国教、世界維持教の神殿と同様に、建物の中央部は独立した礼拝堂だ。その周りを鬱蒼《うっそう》とした、正に蛇の好む草むらが囲っている。

礼拝堂をさらに囲むように廊下と大小の部屋が置かれ、離宮に住まう人々の住居や厨房《ちゅうぼう》などの施設として使われていた。離宮全体も漆黒の分厚い壁に閉じ込められた状態にあり、その上で森に覆われている。

　鮮やかなるプラパータにおいて唯一、色彩を忘れた場所と言えよう。先の御者が話したように、人々がここに蛇神が封じられていると信じるのも無理はない作りだった。

「初めてここに閉じ込められた時は、作りなんて眼に入らなかったけどね……」

　明かり取りの小さな窓以外の光源がない、薄暗い廊下を歩きながらアンジェリカは感慨にふける。

　大好きだった父を、母を、兄を一瞬で失った。挙げ句に望まぬ結婚を押し付けられ、足まで斬られて、八歳のアンジェリカの未来は閉ざされてしまった。

　明るかった少女は涙腺が壊れたように泣き続けるばかりで、現在さえも見えなくなっていたのだ。

　あれから十年。アンジェリカが蛇の離宮に事実上幽閉され、ヨハンセンの許可なくしては外に出られない、存在しているだけの置物王妃であることに変わりはない。それどころか、十年前は存在した人間の使用人はレクシオ以外全員いない。

　なぜなら全員、ヨハンセンが選んだ者たちだった。ほとんど部屋から出てこないアンジェリカを馬鹿にして、ろくに仕事もせず好き放題に振る舞っていたからだ。

『あの一応王妃様は、まだ生きてるの？』

『生きてるだろう、でなきゃ困る。この楽な仕事がなくなっちまう』

『確認しなきゃいいんだよ。死体を見付けなければ、生きてるってことになるもんねぇ』

下品に笑い合っていた連中は、書類上は現在も仕えていることになっているが、七年ほど前に出て行ってもらった。いないほうがましだったからである。

多少ごねられたが、陰気な離宮に足を運ばずとも給料の半分はこれまでどおり支払うと約束すると、笑顔で従ってくれた。彼らにしても、いつ蛇神に祟られるか分からない神殿もどきは、理想の職場ではなかったのだろう。

「ただいま、イーリュー。早速だけど、着替えを手伝ってくれる?」

役立たずの人間に代わり、部屋に足を踏み入れたアンジェリカを恭しく迎えてくれるのは、一見褐色の肌とおさげ髪が可愛らしい侍女だ。その正体は、イーリューという名の黒猫である。

プラパータでは神とまではいかずとも、長き年を経た獣は時に不思議な力を持つ。門番の猿たちもその例だが、イーリューに彼らほどの力はなく、単純に人間の少女に化けられるだけだ。しゃべることはできず、疲れたり驚いたりすると猫の姿に戻ってしまう。

だが下手な侍女よりもまめまめしく、アンジェリカの世話を焼いてくれるのだ。意識も大変高く、いつも真っ白なエプロンをきりりと身につけている。

「はい、まずこれね」

杖を壁に立てかけたアンジェリカは、何本ものピンを使ってがっちり留めていた長髪のかつらを外し、イーリューに渡す。少年のように短い、黒髪の頭を露《あら》わにしたアンジェリカのドレスの後ろにずらりと並んだボタンを、イーリューが見る間に外していく。

アンジェリカの側近《そば》くで仕えたがる動物は多いのだが、服の脱ぎ着などにはどうしても指先の器用さが必要である。同性にしか頼めないことも多く、少女の姿になれるイーリューぐらいにしか頼めないのだ。それにしても、自分一人で着られないドレスも貴族の嗜《たしな》みではあるが、数年前から流行《はや》り始めたコルセットの締め付けから解放された時には、思わず大きな息を吐いてしまった。

「はー、苦しかった。精神的にも肉体的にも、もう息苦しいことしかないわね、白牛殿には……」

生まれて八年を過ごした白牛殿であるが、いつしか蛇の離宮暮らしのほうが長くなってしまったのだ。……特にあの、赤く染まった場所には、もう二度と足を踏み入れたくない。

月日の早さに感傷を覚えるアンジェリカの凝った全身を、イーリューの手が優しく解《ほぐ》していってくれる。それに伴い疲れて固まったアンジェリカの思考も、やんわりと解されていく。

「とはいえ、他国の文化を受け入れる柔軟さは良いことね。それに、いつもありがとう、イーリュー。あなたたちと一緒に暮らせること自体は、とてもありがたく思っています」

お礼にイーリューの頭をそっと撫でてやると、イーリューはくすぐったそうにしながらも嬉《うれ》しそうだった。同時に頭部からぴょこんと黒い耳が飛び出してきたので、その裏にも触れてやると喉を鳴らす音が聞こえた。

生活に動物が溶け込んでいるプラパータ広しといえども、リスを飼っているのはまだしも、人に化けられる猫や猿を召使いとして暮らす者は他にいない。もちろんアンジェリカが正統なる王家の血を引く、唯一の生き残りだからである。

建国神話にて、動物の姿をした神々の力を借りていたプラパータ王家の者たち。始祖ユリヤの血を引く子孫もまた、今でも大変動物に好かれる。

アンジェリカは幼い頃から、特にその傾向が強かった。大雑把にだが直感的な意思疎通も可能であり、この離宮に来てからも彼らに愛し愛されて生きている。

ただし、動物たちが使用人代わりを務めてくれるほど側に来てくれるようになったのは、離宮に幽閉されてから数年を待たねばならなかった。始めは動物たちもこの場所を怖《おそ》れ、怯えていたからである。

「こら、あなたたち。ルージュにちょっかいを出すのはやめなさい」

イーリューに着替えを手伝ってもらうため、すやすや寝ているルージュは寝台に預けてあった。イーリューとじゃれている隙に、ルージュに近寄って舌を伸ばそうとしている数匹の蛇に気付いたアンジェリカは彼らを軽くたしなめた。

この離宮に蛇の邪神が封じられているかどうかは知らない。知らないが、例の紋章から抜け出してきたかのような、大量の黒蛇がアンジェリカが来る前から住んでいるのは事実だった。

実はアンジェリカは、動物の中で唯一蛇が苦手だった。ヨハンセンはそれを承知で、彼女を蛇の離宮に閉じ込めたのである。

『どこから入ってきたの!?　いやっ、来ないで、おやつならあげるから帰って！　帰ってってば!!』

ただでさえ悲しみに暮れていた幼いアンジェリカである。閉じこもった部屋の中にもどこからか勝手に入ってくる蛇たちに慌てふためき、必死になって追い払ったのはほろ苦い思い出だ。

「おなかが空《す》いているの？　おいしそうに見えるのは分かるけど、ルージュは私の友達なの。分かっているでしょう？」

今はもう、蛇の存在にも慣れた。暴挙に眼を吊《つ》り上《あ》げているイーリューの頭を撫でてなだめながら、優しい声で促せば、蛇のほうも素直に動きを止めてアンジェリカを見上げる。

つるりとして瞬《まばた》きをしない、感情の読めない瞳。そこからプラパータ王家の血筋は、彼らの訴えを汲《く》み取《と》る。

「……私の心配もしてくれているのは、分かっています。だからほら、ルージュに焼き餅を焼かないの。もうすぐ明かりを消すから、先に布団に入っていなさい。みんな一緒に寝ましょうね」

外敵に襲われにくい、暗がりや物陰を好むのが蛇本来の性質だ。この時期なら布団に入って暑すぎるということもあるまい。

アンジェリカが布団の端を持ち上げてやると、蛇たちは意気揚々と中に潜り込んでいった。

他の動物たちと比べるとあまり言うことを聞いてくれず、いまだに感性のずれを覚えることの多い蛇たちだが、アンジェリカを気に入り、愛してくれていることだけは分かっている。

なにせ執着心が強すぎて、自分たち以外の相手を追い払おうとするほどだ。レクシオもいまだに威嚇されている姿を目撃する。

ちなみに蛇たちには名前を付けていない。他の動物は蛇に易々《やすやす》とは屈しない、各種族の代表のような者が数匹ほどなのだが、先住者である蛇はさすがに数が多すぎて覚えきれないためだ。

しかもよく観察すると、アンジェリカに近寄ってくる蛇は毎日変わっている。

蛇たちの中でも抜け駆けなし、特定の個体のみが彼女の寵愛を受けないようにとの配慮らしい。徹底している。

「こういうところが、邪神扱いされる原因でしょうにね。それを気にする性格でもなさそうだけど……」

気に入った相手にはとことん執着する蛇を、今でも時折怖いと感じることは否定しない。ただしここへ来たばかりの時のように、彼らの好意をただ拒否しようとは思わない。

独占欲の強さには困ってしまうが、それだけ愛されている証拠でもあると考えれば胸が温かくなる。

一歩離宮の外に出れば、アンジェリカは夫にすら顧みられることのない、前王家の遺物なのだから。父にも母にも兄にも、二度と会えないのだから。

「……それでいいのよ。それが、今のこの国の平和なの」

夜着に着替えたアンジェリカがため息をつきながら寝台に入れば、イーリューがお辞儀をして出て行こうとした。すかさずアンジェリカは彼女に声をかける。

「イーリュー、寂《さみ》しいわ。あなたも一緒に寝ましょう」

ぱっと顔を上げたイーリューは、ご主人様がおっしゃるなら仕方ありませんね、とばかりにエプロンを外し、いそいそと寝台に上がってくる。

起きる気配のないルージュを軽く腕で囲うようにして横を向いているアンジェリカの背に、そっとイーリューの体温が重なる。忘れるなとばかりに布団の中で、足首に絡みつく蛇の鱗《うろこ》の感覚は冷たいけれどこそばゆい。

「いつもながら、賑やかなこと……」

陽気だが意外に繊細な部分もあるレクシオは、アンジェリカの寝方を聞くたびに「眠れる気がしねえ」と呆《あき》れるが、子供の頃から動物と一緒に寝ることは多々あった。時には兄と兄の愛犬に挟まれ朝までぐっすり、何の問題もなかった。

しかし最近はやや事情が異なっている。久しぶりに王妃の務めを果たし、疲れている今夜はどうだろう。

不安は眠気に、ゆっくりと紛れていった。完全に眠り込むぎりぎりで、猫に戻ったイーリューをすばやくルージュの横に移動させ不慮の事故を防いだアンジェリカは、安心して夢に落ちた。

何かに体を押さえつけられている。

踏まれている？　巻き付かれている？　分からない。

分からないが、アンジェリカを苦しめているその何かが、彼女の苦しみを愉《たの》しんでいることだけは伝わってきた。

骨が軋《きし》む。このままでは、体がばらばらに砕けてしまうかもしれない。


はっと眼を見開いたアンジェリカは、騒いでいる心臓に手を当てながらそっとあたりを見回した。ルージュのふさふさした長い尾の向こう、唯一の小さな窓から、かすかに春の光が差し込んできている。

蛇が暮らしやすいように作られている離宮だ。壁と森に囲い込まれているせいもあって季節を問わず、ほとんど陽《ひ》が差さない。

特に部屋の中にいると時間が分かりにくいが、もう十年も暮らしているのだ。光の色と角度で、おおよその時刻は分かった。

家族を奪われた衝撃に泣き暮らしていた数年間を除き、どんな時間に寝ても定時に目覚めていたアンジェリカである。幼い頃から王女のたしなみを叩《たた》き込《こ》まれるため、早起きしていたからだろう。

だが今日もまた、予定より一時間以上も早く起きてしまった。

「……また、あの夢……」

はっきりとは思い出せないが、強烈な圧迫感と、苦しむ姿を面白がられていたことだけは嫌になるぐらい心に刻まれている。あの恐怖に比べたら、ヨハンセンやオリガに馬鹿にされたことなど、どうでも良くなってしまうぐらいだ。

「はあ……何なのかしらね。単に疲れているせいなら、いいんだけど……」

季節に一度の勤めが近付いてくると気が重くなるのは事実だが、冬の舞踏会の頃はこんな夢は見なかった。気付かないうちに疲労が蓄積しているのだろうか。

こういう時は運動に限る。しかしこの時間、料理人も兼任しているビートとゼナは朝食の準備中だ。

それ以外の者たちは、いつの間にか寝床を抜け出しているイーリューの指導で掃除をしているだろう。夜行性の動物たちは寝入ったところだ。

「散歩でもしましょうか。ルージュ、一緒に行く？」

短めのベストに細身のシャルワールといった、伝統と動きやすさを両立させた服装に着替えたアンジェリカの肩に、目覚めたルージュが身軽に飛び乗ってきた。

女性らしい体型をしたアンジェリカだが、背は高めである。短い髪とさっぱりした表情のせいもあり、王妃というより冒険物語に出てくる少年主人公のようだ。

布団の中の蛇たちは自分の番は終わりということなのだろう、静かにどこかへ去っていった。


すっきりしない頭も、朝の空気を意識して取り込んでいくうちにはっきりしてきた。陰鬱な通路を歩く道すがら、掃除中の動物たちに挨拶をしていたアンジェリカは、周りに蛇がいないことを確認してから離宮の中央部に続く扉を開けた。

「レクシオ、おはよう」

さあっと差し込んできた朝の光に瞳を細めながら、アンジェリカは微笑みを浮かべる。

「おはよう。最近早いな、アンジェリカ」

鮮やかに春の花が咲き乱れるなか、草むしりをしていたレクシオが腰を伸ばして笑い返してくれる。その周りでは数頭の牛や羊がのんびりと食事をしていた。

外からは窺《うかが》い知《し》れない、およそ蛇の離宮の中とは思えない光景。それは父と同様に優秀な庭師であるレクシオの手柄だった。

アンジェリカや動物たちの力を借りて、レクシオが手を加えたのはここだけではない。十年前、二人が蛇の離宮に追いやられた時点では、最低限の清掃だけはされた邪教の神殿でしかなかった。

特に中央部の礼拝堂とその周囲の草むらは黒蛇だらけ。掃除どころか誰も近付けない状態だった。

しかし現在、雑草生い茂る蛇好みの草むらが手つかずで残っているのは、礼拝堂のごく近くのみである。

父親譲りの手腕を発揮したレクシオの手で、そこ以外の場所には美しい花々が植えられ、畑まで作られている。離宮で提供される食べ物の一部はこの畑から採れたものだ。

『あなたたちには申し訳ないけど正直な話、蛇好みの景色ばかり見ていると、人間はどうしても心が荒《すさ》むの』

泣いて泣いて泣き疲れ、涙を拭いて部屋を出てきた七年前のアンジェリカは、内心びくびくしながら蛇たちに交渉したのである。

『花や実があれば、あなたたちが好きな鼠《ねずみ》や小鳥ももっと寄ってくるでしょう。礼拝堂とその周りは聖域として手を付けないから、土地を譲ってくれない？』

意外に蛇たちは不満を抱いた風でもなく、あっさりアンジェリカの頼みを飲んでくれた。

餌を求めてというより、収穫物をかじられないように畑の見回りまで自主的にしてくれた。

調子に乗って褒めたレクシオは取り囲まれて威嚇されていたが。

中庭以外の、外から見えない場所にもいくつか手を加えられている。

全体に漂う寒々しい雰囲気を少しでも変えるため、外壁の色はそのままだが内装に使う色を明るくした。人間の使用人が出て行った部屋は動物たちのものになり、それぞれの習性に応じた寝床が作られている。

そして広間は武道場に改築した。暇があればレクシオや動物たちと手合わせをして、運動不足を補っている。

「……正直、今となってはめちゃくちゃ楽しいのよね、ここでの生活……」

好奇心旺盛なルージュが肩から飛び降り、ちょこまかと走り回る後をのんびりと追いかけながら、アンジェリカは複雑な思いを噛《か》み締《し》めた。

ヨハンセンの許可なしでは表立って外に出られないのは忌々しいが、その代わり普段は彼と触れ合わずに済む。ヨハンセンの息がかかった使用人たちも出て行き、彼らに渡している給金の残り半分はアンジェリカの懐に入ってくる。

形ばかりでも王妃であるため、生活費は相応《ふさわ》しい額を与えられている。それらを合計すれば、邪教の神殿のごとき見た目を保ったまま、レクシオや動物たちと暮らす快適な場所へと改装することができたのだ。

王侯貴族に必要とされる、広く浅い交流がそんなに得意ではないアンジェリカにとって、この年になっても親しい者とだけ過ごせる生活は気楽ではあった。特にコルセットを強要されないのがすばらしい。他国の流行が大らかに取り入れられること自体は喜ばしいが、あれは滅びてほしい。

「でも……なんなのかしら、この不安は。あら、ルージュ？」

まだあの夢の名残が尾を引いている。それに気を取られながら歩いていたアンジェリカは、突然ルージュが腕を駆け上がってきたので驚いた。

肩の上に戻るだけに終わらず、必死になって頭の後ろに隠れようとしている。小さな手が後頭部に食い込んで少し痛い。

「どうしたの？　また蛇たち……というわけでも、なさそうね」

リスは好奇心旺盛だが臆病な生き物である。気付けばレクシオが手を入れてくれた区画を抜け、礼拝堂のすぐ側まで来ていた。

草むらからひょっこりと、蛇の頭がいくつか覗いている。しかし彼らの注意はルージュはおろか、アンジェリカにも向いていない。

ルージュを脅かしたのは彼らではないのだ。それどころか、蛇たちのほうも様子がおかしい。

「あなたたち、何かあったの……？」

蛇は眼ではなく鼻でもなく、特別に発達した別の器官を持つため、暗闇《くらやみ》でも相手を察知するという。知らない間に近寄られて驚かされることはあっても、この距離でアンジェリカ以外のものに気を取られている風なのは初めてだ。

鎌首をもたげているのではなく、下を向いて止まった姿も初めて見た。まるで邪神に頭《こうべ》を垂れる、敬虔《けいけん》な信徒のように。

――そう、彼らは礼拝堂のほうに生じたナニかを、畏れていた。

「お前がヨハンセンの正妃にしてプラパータ王家の直系最後の生き残り、アンジェリカか」

静かな声は、予想よりもかなり上から降ってきた。

礼拝堂の正面、閉ざされた門に描かれた、一際巨大な蛇の紋章あたりを見つめていたアンジェリカは弾《はじ》かれたように上を向いた。

「は!? あなた、誰!? な、なんで、そんなところに……」

漆黒の衣装を金の刺繍で飾り立てた、見知らぬ銀髪の青年がいた。イェニチェリを思わせる豪華な礼装だが、使用されている色が限られているため、かなり印象が異なる。

それよりさらに印象的なのは、彼が礼拝堂の上に立っていることだった。

ドーム、というより建物が小さいためつぶした球状の屋根の上に通じる屋根裏部屋などは、アンジェリカの知る限り存在しない。はしごの類いも見当たらない。

どうにかして屋根の上に出た、としか言えない状況だが、足場にするようなものもないのだ。

丸い屋根にぎりぎりでくっついているような、限りなく不安定な立ち姿である。

見ていてはらはらする、と思ったら案の定、青年がずるりと足を滑らせた、ようにアンジェリカには感じられた。赤い予感が、眼裏で弾けた。

「危ない!」

青くなったアンジェリカは、慌てて草むらに踏み入った。

しかし、蛇たちを騒がせながら落下予測地点まで駆け寄って腕を伸ばす直前、銀髪の青年はすとんと危なげなく着地した。

「何をしている」

白いを通り越して青白い肌をした、寒気がするような美貌の青年に淡々と尋ねられ、アンジェリカは困惑しながら答えた。

「何って、あ、あなたが足を滑らせたかと……」

行き場のなくなった手を下ろすアンジェリカを見つめる、澄んだ蒼《あお》い瞳に興味の光が灯《とも》った。

「落ちてくるオレを、受け止める気だったのか？　呆れた女だな」

「は？」

口調それ自体は感心している風なのだが、表現が良くない。むっとして眉をひそめたアンジェリカを気にせず、青年は好奇の視線を浴びせてくる。

「リスまで連れているとは」

言われてアンジェリカは、いつの間にか完全に後頭部にしがみついているルージュのことを思い出した。震える小さな体の中で、長い尻尾の先だけがアンジェリカの頭の横に出ている。

「案ずるな。貴様などを食べる気はない」

言いながら青年が、わずかに覗く尻尾の先に手を伸ばす。察したルージュの尻尾が、さっと反対側に逃げる。

「食べる気はないと言っているのだが」

抑揚のない声で繰り返した青年が、逃げたほうに手を伸ばす。

ルージュの尻尾が反対の反対に逃げる。骨張った青白い手が、懲りずにそちらに伸びていく。

「食べる気はないけど、触ってはみたいのです……？」

己の顔を挟んで虚《むな》しい攻防が続く中、何となくアンジェリカが聞くと、青年の蒼い瞳がぱっと輝いた。

「！　そうだ」

輝いたといっても瞳だけである。全体の表情はほぼ動いておらず、眼だけ見開かれたのでかえって怖い。

気配でそれを察したようで、ルージュの爪がさらに強くアンジェリカの頭皮に食い込んできた。

「いたた。ルージュ、ごめんなさい、ちょっと力を抜いてくれない？」

顔をしかめてアンジェリカが頼んでいると、青年がぽつりと零《こぼ》した。

「嫌か……」

相変わらず表情に大きな変化はない。声色も同じくだが、その心中はなんとなく伝わってきた。

「ルージュ、大丈夫よ。すごく変な人だけど、悪い人じゃなさそう。武器も持っていないようですし」

食べる気はない、と言っているのは事実なのだろう。少なくとも、今の時点では。

そう感じ取ったアンジェリカが取りなすと、青年はまたぱっと眼を輝かせた。

「分かってくれるのか、さすが正統なるプラパータ王家の女だ！」

奇妙な言い回しにアンジェリカは眉根を寄せた。落下未遂に度肝を抜かれて忘れていたが、そういえばこの青年、出会い頭からやたらとプラパータ王家の血筋にこだわっているのである。

色味の少ない服装からして、他国の者だろうか。悪い人ではなさそうだと判断したものの、リスにしては度胸があるルージュがここまで怯えるのも滅多にない。

蛇たちもこちらを遠巻きにしている様子だ。いまだ頭を下げた彼らの注目は、銀髪の青年に集まっている。

ルージュほどではないが、彼に怯えているようだ。畏敬の念を抱いている、というほうが近いかもしれない。

見回せば他の動物たちも、奇妙な侵入者に気付き始めているようではある。

しかし、食料などの日用品を運んでくる、顔馴染みの業者が来た時でさえ警戒を忘れない忠義者たちが、今は出るに出られないようだ。

「気が変わった。アンジェリカ、オレの妃となれ。そうすればお前の王国を取り返してやってもいい」

「え、無理です。私、もう結婚していますし」

周囲の態度に気を取られていたアンジェリカは、突然の求婚を突っぱねながらさり気なく重心を落とし、身構えた。

「それより……あなたは、誰ですか？」

礼拝堂の上に立っていたことにも驚いたが、そもそもどうやってこの離宮に入ってきたのだろう。

離宮を囲む壁は礼拝堂より高さがある。外に通じる門は屈強な猿たちが管理しているもの一つしかなく、出入りの業者であってもアンジェリカかレクシオの立ち会いがなければ通さない。

ならば空でも飛んだか、地を潜ったか。プラパータ王家に流れる神の血がもっと濃かった時代には、そのような力を持った者もいたらしい。

まさか、ヨハンセンがついに野望を実現させたのだろうか。

ぞくりと身を震わせるアンジェリカを、青年は感情の読めない眼で見つめ、言った。

「分からないのか？」

聞き返されて、アンジェリカは一瞬迷った。

見た目も行動も異様に悪目立ちするこんな男、一度会ったら忘れるはずがない……と言いたかったが、心のどこかに彼の質問と呼応する部分があった。

彼を、この存在を、魂が覚えている。兄の面影が鼻先をかすめるような、不思議な感覚があった。

「……カイ、ム……？」

喘《あえ》ぐようにアンジェリカがその名を零すと、銀髪の青年——カイムの眼がこれまで以上に強烈な光を放った。

その手が今度はルージュではなく、自分に向かって伸びてくるのを察したアンジェリカは反射的に後ずさった。

「ま、待って！　覚えています、確かにあなたと、どこかで会ったことがあるのでしょう。でも、一体いつ、どこで……!?」

カイムのほうも、初めてアンジェリカを見た態度で話しかけてきたではないか。直接顔を合わせたことがあるわけでは、多分ないのだ。

だからといって、それ以外の出会い方があるのかと問われると、すぐには思い付かない。

「アンジェリカ！」

訳が分からず、混乱するばかりのアンジェリカの名を叫びながら駆け寄ってきたのはレクシオだった。手には草刈りに使っていた、大きな鎌を構えている。

「何をやっている。なんだそいつは、どこから湧いて出た!?」

レクシオも内心、カイムに恐怖を感じているのだろう。日焼けした頬から血の気が引いている。

それでも得体の知れない男から幼馴染みを守ろうと、彼は勇敢にもカイムのすぐ側まで近付いてきた。カイムは無遠慮にレクシオを一瞥《いちべつ》する。

「貴様こそなんだ」

「ここの庭師だよ！」

怒鳴り返し、レクシオは職業を誇示するように鎌を振り上げる。体格だけならレクシオは大抵の男よりたくましく、カイムに負けていない。

そこに武器まで加われば、ヨハンセンなら慌てて警備兵の陰に隠れるだろう。レクシオの剣幕にも縮み上がったルージュの指が、アンジェリカの後頭部に一層食い込んできた。

ところがカイムはまるで怯《ひる》まず、冷然とレクシオを見据えた。蒼い瞳が、赤く輝いた。

「くそ、動物たちも様子がおかしいぞ。お前一体、何、を……」

「……レクシオ？」

愕然《がくぜん》とアンジェリカが見守る中、赤毛の頭がふらりと揺れる。

金茶色の眼が淀《よど》み、怒りと疑いの炎が消えていく。手にした鎌が、ゆっくりと下がっていく。

「……ああ、なんだ。カイム。カイムか……」

まだ聞いていないはずの名を、レクシオははっきりと声に出した。

「え？」

「脅かすなよ、何事かと思ったぜ。じゃあ……じゃあ、俺は仕事に、戻る、から……」

何事もなかったかのように、草刈りを再開しようとレクシオは踵《きびす》を返した。歩くほどにその動きに不自然さはなくなり、畑に足を踏み入れた時には違和感は去ったが、それが逆に不気味だった。

「レクシオ、どうしたの⁉ カイム、あなた、レクシオに何をしたの⁉」

思わずアンジェリカは大声でカイムを怒鳴り付けた。

「大したことはしていない」

「嘘《うそ》おっしゃい！ 今、明らかにレクシオの様子がおかしくなったではないですか。彼とは多くの思い出を共有しているのは事実ですが、あなたのことはレクシオも知らないはず……‼」

現在もアンジェリカの側に残ってくれている、この離宮に閉じ込められる前からの知り合いはレクシオだけだ。アンジェリカが漠然としか覚えていなくても、レクシオなら覚えていることもあるかもしれない。

しかし彼は今、カイムの眼が赤く光った途端に露骨に態度を変えたのだ。なんらかの操作を受けたに違いない。

「威勢が良いな。ヨハンセンの話では、元気が良かったのは昔だけ。今はひたすら縮こまっているばかりの、つまらない女という話だったが。そして足も速い」

引き下がらないアンジェリカを、カイムはどこか面白そうに見ている。

その唇から出てきた言葉に、アンジェリカはまたしても度肝を抜かれた。

「あなた、ヨハンセンの手の者なの……？」

「違う」

描いたように美しい眉をわずかに上げて、カイムは断じた。嘘を言っているようではなく、なぜか機嫌を損ねてしまったらしい。

次々に新しい情報は入ってくるのだが、何《なに》も彼《か》もが微妙に噛み合わない。

知れば知るほどカイムという存在が分からなくなっていくなか、アンジェリカは絶対に必要な質問をした。

「ヨハンセンの息子、でも、ない……？」

「当たり前だ」

より高く眉を上げ、カイムは断定した。最悪の予感は外れてくれて一息吐《つ》けたが、いきなり蛇の離宮に侵入してきた挙げ句、蛇たちまでかしこまってしまうような相手という事実に変わりはない。

動物たちやレクシオに避難を指示するべきか。だがレクシオにおかしな術をかけ、記憶を操作するような力の持ち主だ。

下手に刺激すると、かえって危ないかもしれない。

こうなったら一か八か、やるしかないのか。アンジェリカがぐっと右手に力を込めたことも、カイムは見抜いていた。

「やめておけ。お前はオレには勝てん」

「……やってみなければ分からない、と言いたいですが、そういう次元の相手ではないようですね」

溜《た》めていた息を吐いて、アンジェリカは肩の力を抜いた。

カイムの正体について、現状いくつかの仮説を立てているが、どれも決め手に欠ける。ただし、眼の前の存在が格の違う相手だということだけははっきりしていた。

「では……カイム、あなたはここに何をしに来たのです。つまらない女の顔なら、もう十分見たでしょう」

何とかして穏便に追い払いたい。願いを込めてアンジェリカは聞いたが、カイムの答えは彼女の希望とは違った。

「お前の顔を見に来たのは確かだ。だが、思ったよりもお前はつまらなくない。そして足も速い。お前のことをもっと知りたい。お前にも、オレのことをもっと知ってほしい」

すらすら言われて、内心アンジェリカは頭を抱えた。誰も入り込めない、興味も持たれていない蛇の離宮の中だからと、油断していたのは確かだ。

突然屋根から生えてきたようなカイムの登場と、滑り落ちたかに見えた状況に慌て、足を斬られた設定を無視して最大速度を出してしまったのはアンジェリカの落ち度である。聖職者でもないのに短い髪をさらし、少年めいた服装で楽しく散歩する姿を見られた時点でごまかせなかった気もするが。

「……あなたの情報が欲しいのは、こちらも同じですけど」

まだ頭の後ろにくっついているルージュの尻尾に意味もなく触れながら、アンジェリカは考えを巡らせる。

一番危険な仮説が当たっていれば、アンジェリカだけではなく、プラパータ王国全体の脅威となる相手だ。カイムの正体は掴んでおきたい。

だがその過程で、犠牲が出ることは避けたい。それは可能だろうか。

アンジェリカの現状をヨハンセンに報告しないよう、口止めもしておきたいが、かえって気を悪くする可能性も否定できない。

(逆にレクシオにしたように、私の記憶を操作するかもしれない……)

「しない」

口に出したつもりはないのに言い切られた。ぎょっとするアンジェリカを、瞬きをしない眼が凝視している。

「オレはヨハンセンの部下でも息子でもない。友ではあるが、やつに告げ口をするために来たのではない。オレはオレの一存でここを訪れ、お前を気に入った。オレのものにしたいが、そのままのお前でなければ意味がない」

記憶を操作するだけではなく、心まで読めるのか。

一瞬背筋が冷たくなったが、淡々としつつも身勝手な言葉に、なぜかアンジェリカは笑いを誘われた。

「……困りました、ね。あなた、変な人だし、危ない人なんですけど、悪い人ではないというか、悪いだけの人ではないというか……我が道を譲らないだけ、というか……」

笑っている場合ではないとは自分でも思うのだが、やはりどこかで会ったことがある、からなのだろうか。幼馴染みのレクシオにも感じている、家族相手のような親しみが恐怖の中に混じっている。

自分より強い存在の機嫌を取るためというより、単純にカイムの気持ちを尊重してやりたいという感情が勝手に湧いてくるのだ。今の時点では、それを否定する材料もない。

「ですが、あなたの妃にはなりませんよ。私はあなたのお友達の妻なので。一応」

「今はな」

軽く牽制《けんせい》したつもりが、物騒な相槌《あいづち》が返ってきてしまった。

「……ヨハンセンに、何もしてはいけませんよ？」

ヨハンセンの友とは認めたくせに、部下や息子かと聞けば露骨に機嫌を損ねるカイムである。

一番危険な仮説が当たっていれば、その尊大さも無理はないかもしれないと思いながら、アンジェリカは釘《くぎ》を刺した。

「お前はあの男のことを嫌っているのではないのか？」

手の届かない、空の高みを切り取ったような眼がアンジェリカの心の底を覗き込んでくる。本能的な怯えを感じたが、嘘が通じる相手ではない。

「……男として、夫としては好きではありません。友人にもなれないでしょう、お互い。それでも彼が、今のこの国の王ですから」

告げ口をしないと言った、カイムの言葉を信じよう。嘘をつく相手でもないのだ。

「好きでもない男の妃を十年もやれるとは。やはりお前は、正統な王家の血を引く者だな」

アンジェリカの回答はお気に召したらしい。ありがたい話だが、良くも悪くも我が道を行く男に過剰に気に入られるのも考え物である。

しかもその考えも、カイムには見透かされているときた。やりづらい、という愚痴をこらえても意味はなさそうだが、礼儀として口に出さず、アンジェリカは必要なことだけ聞いた。

「何もかもお見通しのようですね。ならばレクシオの記憶の操作、解いてもらえませんか」

「解くまでもない。オレがお前の知人であり、ここに来るのが当たり前との認識を滑り込ませただけだ。この程度の操作なら、普通の人間も自分で勝手にやっている。時が経つにつれ、適当に周りの記憶と馴染んで終わりだ」

「……そうですか。ところでそろそろ、あなたの正体について教えてくれませんか？　ある程度、絞り込めてはいるつもりですが」

悪びれもしない、こういう相手には、正直を貫き通すしかない。率直に尋ねると、カイムは不思議そうな顔をした。

「なぜそのように、愚かな質問を繰り返す。教えを請わねば、オレの正体も分からんお前ではなかろう」

……少しずつ、微量の頭痛を伴いながらも、アンジェリカはカイムの性格を掴み始めていた。

こちらを馬鹿にしているつもりは、多分ないのだ。ここが公的な場で、アンジェリカをただの置物だと思い込んでいる者に馬鹿にされたのなら、それらしく振る舞っただろう。

だが久しぶりに言いたいことを言い合っているうちに、ずっと隠していた生来の負けず嫌いに火が点《つ》いてしまった。

「――いいでしょう。あなたの正体、絶対に暴いてやります！」

無駄な争いを避けようと、離宮の外では殊勝な態度を取り続けてきたが、真正面から挑発されて黙っているような性格ではないのだ。売られた喧嘩《けんか》は王族らしく、正々堂々買ってやるとアンジェリカは意気込んだ。

「それでこそだ。ではこれからも、オレはお前を口説きに来ていいのだな」

毅然《きぜん》と挑戦を受けたつもりが、間髪を容れずにそう言われてアンジェリカは黒曜石のような瞳を丸くした。

「……あら？」

気の抜けた声を出すアンジェリカに、カイムがほんのわずかに口角を吊り上げる。白すぎる顔に初めて浮かんだ感情は、してやったり、というものだった。

「オレについて知りたいのだろう。ならば頻繁に顔を合わせ、情報を得る機会を与えてやろう。では、また明日」

最後までごく自然な上から目線の言葉を発し、カイムが身を屈《かが》めた、ような気がした。次の瞬間、彼の姿は草むらに溶けるように消えていた。

「……う、嘘はつかないけど、しれっと引っかけてはくるのね……!?」

掴めかけたと思ったら、するりと手の中を滑っていったカイム。やはりあの仮説が当たりか、いやこれも引っかけかもしれない。

悔しがるアンジェリカの頭を、やっと緊張が解けたルージュの小さな手がよしよしと撫でてくれた。

第二章　求婚者の正体

翌日の朝、アンジェリカは緊張しながら礼拝堂の屋根の上を見上げていた。

本日も天気がいい。うららかな春の日差しの下で、漆黒の建物は異彩を放っている。

「ルージュ、いいのよ、怖いなら逃げても」

肩の上をうろちょろと忙《せわ》しないルージュに、アンジェリカは目線を上に保ったまま苦笑いした。

「イーリューも、気にせずお掃除を……終わらせているのね、ありがとう」

モップを握り締めたイーリューの、決意みなぎる眼光を確認したアンジェリカは、礼を述べてまた視線を上に戻す。

昨日、唐突に現れたカイムが唐突に去った後、蛇以外の離宮に住まう動物たちが一斉にアンジェリカに集まってきた。互いの無事を確認できて何よりだったが、彼らの表情には申し訳なさがあふれていた。

あの男の気配に圧倒されてしまい、助けられなくてごめんなさい。次こそはがんばるね。

心からの反省と努力を無下にもできず、アンジェリカは現在、数十匹の動物たちに取り囲まれている。

「レクシオも、庭の手入れを続けたら？　昨日は、その……引き下がったではありませんか」

鎌こそ持っていないが、レクシオはアンジェリカを背に庇《かば》った姿勢で立っている。彼はアンジェリカに語りかけられると、眼《め》だけ振り返ってこう答えた。

「……そりゃそうだけどよ。よく考えたら、いくらカイムでも、一応王妃のところに男が通ってくるのは良くないだろう。国王陛下の野郎には、何も言っていないんだろう？　今のところ」

「……そうね。カイムも、何も言わないと約束してくれています」

いまだカイムをアンジェリカの知人だと思い込んでいる以外、レクシオに変わった点はない。大したことはしていない、というカイムの説明は事実だったようだ。知人だとしてもおかしい点は、レクシオ自身にもきちんと認識できている。

一番近くで接触したルージュ、そしてアンジェリカ自身の全身もイーリューに手伝ってもらってくまなく確認したが、やはり変化はない。記憶の操作を受けている場合は確かめようがないが、これについてはカイムはやらない、少なくともアンジェリカにはやらない、と信じるしかない。

「一つだけ変化はあったけど、これはむしろ、いいことなのよね……」

独り言をつぶやいていたアンジェリカは、びり、と肌が引きつるような感覚に襲われた。同時に見上げた青空に、人影が生じた。

「来たぞ、アンジェリカ……むっ」

昨日と同じ場所に出現したカイム。淡々とした声にかすかな喜びを忍ばせ、アンジェリカを呼んだ彼の眼が鋭くなった。

離宮を囲む森の中から不意に飛来した大きな鷹《たか》が、カイムに飛びかかってきたのだ。

「……鷹までいるのか」

さすがと言うべきか、突然の襲撃を身を屈《かが》めてかわすついでに、カイムはまたしても屋根を滑り落ちるようにしてアンジェリカの隣に移動していた。レクシオがぎゃっと声を上げ、アンジェリカは澄まして右腕を上げる。

「時々ね。久しぶりですね、スーラ。こら、ルージュにまでちょっかいをかけないの」

その腕に掴《つか》まりながら翼を広げる鷹のスーラは、離宮に常時いるわけではない。時折ふらりと姿を見せる。

そして必ずアンジェリカに挨拶し、ルージュに襲いかかる素振りを見せるのだった。

蛇たちのように、アンジェリカに近付くもの全てを排除したいという風ではない。どちらかと言えば、スーラはアンジェリカよりもルージュを好ましく思っているのではないか、と感じている。

だが鷹はリスの天敵である。向こうはからかっているつもりでも、リスにとっては命懸けなのだ。スーラの好意が通じている様子はない。

（そして鷹は、別の動物にとっても……）

推論しているアンジェリカではなく、カイムはじろりとスーラを睨《にら》んだ。

「このオレを招待しておきながら、そんなものをけしかけてくるのか。なかなかやる」

別にスーラを怖がっている風ではないものの、好ましくない、程度には感じている様子だ。

彼の反応を確認しながら、アンジェリカはとぼける。

「分かっているでしょう、私が頼んだわけではありません。たまたま遊びに来たスーラの眼の前に不審者が出てきた、それだけの話です」

姿を見せるのは不定期だが、これまでもスーラは離宮に近付く不審者を撃退してくれている。

盗賊などはもちろん、置物王妃をからかってやろうと近付いてきた、不届きな貴族の若者たちを追い払ったと報告しに来てくれたりするのだ。

そういう時はアンジェリカも、ルージュに「スーラのことを真剣に考えてみてくれない？」と橋渡しをしてやったりするのだった。ルージュが承知してくれる気配はないのだが、今回の件はなかなかのお手柄である。

昨日は姿を見せなかったスーラであるが、カイムの気配を察知していたのだろう。後でルージュにもう少し話をしてみてもいい。

だがその前にと、アンジェリカはカイムを誘った。

「とはいえ、どさくさに紛れてではありますが、あなたがここへ来ることを私が承知したのは事実です。というわけで、お互いを知るために、朝食を一緒に食べませんか？　白牛殿で饗《きょう》されるものほど豪華ではありませんが、味は保証します」

「……ほう？」

意外そうな光がカイムの眼を過《よぎ》った。

心が読めるらしいカイムであるが、ある程度集中しているなど、一定の条件が必要なのだろう。アンジェリカの提案に純粋に意表を衝《つ》かれた様子だ。

「大胆な女だ。いいだろう、案内しろ」

「ええ。イーリュー、予定どおりビートとゼナにお客様の分も用意して、と伝えてくれる？」

大体、カイムの正体は分かった。つまりは下手な名家の人間より無下にできない相手ということだ。

置物ぶってあしらうこともできない以上、精一杯もてなすしかないと、アンジェリカは腹をくくった。


スーラの出現を除き、こうなるかもしれないことは事前に話してあった。

それでも全員、特にレクシオは「何かあったら絶対呼べよ」と何度も念押ししながら会食用の部屋を離れ、渋々自分の仕事に戻っていった。

気持ちはありがたいが、アンジェリカ自身を含め、誰もカイムの相手にはならないだろう。下手なことをして彼を怒らせ、被害が出るほうがよほど恐ろしい。

イーリューだけは給仕のために残ってもらったが、強がっていても明らかにカイムに怯《おび》えているルージュは「スーラにご褒美をあげてね」と言い付けて置いてきた。

プラパータ人の貴族、特に女性にとって主な仕事は社交であり、昼から夜に活動するので朝はゆっくり寝ていることが多い。昼頃起きて果物や粥《かゆ》などで軽い食事を済ませ、茶会や舞踏会でそれなりに食べる。

しかし蛇の離宮に閉じ込められ、名ばかりの王妃生活を送っているアンジェリカの暮らしは、見た目も中身もほとんど兵士のそれである。朝早く起き、鶏《とり》や豚の肉を中心に具材と香辛料たっぷりのスープを食べ、その栄養を使ってレクシオや動物たちと手合わせをする。

本日カイムのために用意してもらったのも、ビートとゼナが作ってくれた、いつもと同じおいしい具沢山スープだ。カイムの対応に追われ、ばたばたして疲れている分、さらにおいしく感じる。

「うーん、今日も熱くて辛くて最高！」

作り方自体は伝統的なスープだが、現在は木製の匙《さじ》ではなく、頑丈な金属製のものを使うことがほとんどだ。二口、三口と食べ進めたところで、アンジェリカは向かいの席に座ったカイムを軽く睨んだ。

「……一緒に食べることを承知したではないですか」

席にこそ着いたものの、カイムはスープ皿が眼の前に置かれた際に一度見ただけで、一向に手を付けようとしない。

「それとも、私の料理人たちが作った食事に何か文句でも？　毒など入っておりませんよ」

「知っている。入っていても効かんし、猿が作った料理だから食わんわけでもない」

平然と言ってのけたカイムの視線は、アンジェリカに据えられて動かない。アンジェリカのほうが逆に面食らってしまった。

「……さすがですね、彼らの正体が分かったのですか」

「そこの猫よりも人に化けるのはうまいようだが、オレには通じない」

まだ直接顔を合わせてもいないビートとゼナが屈強な肉体を誇る猿であることも、イーリューが猫であることもカイムにとっては自明の理であるらしい。すぐに話を転じた。

「お前も察しているように、オレは食事が必要な存在ではない。それだけの話だ。気が向けば食べる時もあるが、今はそれよりも」

薄い唇が、ほんの少しだけほころんだ。

「お前が食べる姿を見ていたい」

堂々と気持ち悪い要求をされてしまったアンジェリカの心中をも、寒々しいほど蒼《あお》い眼は見通している。

「何が不満だ。食事を共にするとは、互いが食べる姿を見せ合うことだろう。お前はきれいな作法でよく食べる、見ていて気分がいい。さっさとお代わりするがいい」

「それは……ありがとうございます、お代わりもします……ですが！　一方的に見られているのは、なんだか嫌です……」

互いに見せ合うことだとは、カイムも自分で言ったではないか。ただでさえ彼の視線には圧力があるのだ。

そこにいるだけとの噂《うわさ》に反し、精神は強いほうだと自負しているアンジェリカである。だが怖い上に気持ち悪い男に、ひたすら見つめられながらの食事は遠慮したい。

壁際に行儀良く控えたイーリューも、今にも手にした盆を投げつけてきそうな顔をしている。心を読む力などなくとも、自分が歓迎されていないことぐらい感じられるだろうに、カイムは涼しい顔で断言した。

「お前は嫌かもしれんが、オレはお前の食事をする姿も、それ以外の姿もずっと見ていたい」

帰れ、という言葉が喉元まで出かけたが、レクシオが精魂込めて育ててくれた野菜のサラダにフォークを突き刺して、いったん気持ちを落ち着けた。頭の中で言うべきことを整理してから、アンジェリカは口を開いた。

「カイム、あなた、私を口説きに通って来ているのですよね」

「そうだ」

「一部の人間の雄《おす》は雌《めす》の気持ちも考えず、自分勝手な理論を押し付けて我を通し、嫌われます。私の夫はその典型ですが、あなたもそうですか？」

間を置かず尋ねると、カイムは蒼い眼を見開いた。

「……いや。ヨハンセンはお前の気持ちなど、どうでもいいようだがオレは違う」

断言に嘘《うそ》はない、と思う。すかさずアンジェリカは畳みかけた。

「ならば、私もですが、ここにいる全てのものたちに敬意を払ってください。彼らを脅かさず、愛する者の家族として接してください」

「分かった」

うなずいたカイムがアンジェリカから視線を外し、スープをすくい始める。決して話が通じないわけではないのだ。

緊張が途切れ、思わず息を吐いたアンジェリカだったが、不意に腕を駆け上ってきた重みに飛び上がりそうになった。

「ルージュ！　どうしたの⁉」

食器をひっくり返しそうになりながら肩を見れば、潤んだような黒目がちな瞳と眼が合った。そこからルージュの訴えを読み取り、アンジェリカは再びため息をついた。

「……スーラ、調子に乗ってルージュに構いすぎたのね……」

カイムを驚かせ、その正体に確信を抱かせてくれたご褒美としてルージュを遣わせたまでは良かったが、スーラは初めてのルージュからの接近に舞い上がってしまったのだろう。褒美としても度が過ぎた接触に縮み上がったルージュは、主《あるじ》のところに逃げてきたのだ。

スーラも森に去ったようだが、次に来た時にはせっかくの好機を棒に振ったことも含めて説教しなければ。

鷹とリスの痴話喧嘩《げんか》に思いを馳《は》せている間に、カイムが空にしたスープ皿を置いた。

「ではそこのルージュとかいうリス、こちらへ来い」

当たり前のように伸ばされた青白い手を、アンジェリカもルージュも揃《そろ》ってまじまじと見つめた。

「ど、どうしてですか。脅かすなと……！」

一拍遅れてルージュを抱き締め、アンジェリカが反論してもカイムは手を引っ込めない。

「脅かすつもりはない。オレはただ、その尾に触れてみたいだけだ」

初対面の時からカイムはルージュの尾に興味津々だった。興味があるものとないものへの差が、とことん極端なのだ。

「オレがそちらに敬意を払い、相応の態度を取るのだから、そちらも同じだけ返してくれるべきだろう」

そしてしれっと、アンジェリカの言葉尻を捉えて言い返してくる。

「それは……、で、でしたら」

アンジェリカの発言の責任をルージュが取る必要はない。腰を浮かせようとしたアンジェリカの手の中から、ルージュが意を決したように抜け出した。

「ルージュ、行かなくていいわ。蛇が怖いのは、あなたの本能でしょう……！」

思わず叫んでしまったアンジェリカに背を向け、ルージュは勢いよくカイムに向かって突進していった。

ルージュ自身はどさくさに紛れて頭突きでも食らわせるつもりだったのかもしれない。だがカイムは、難なくルージュの胴を片手で掴み取った。

「ふむ、ふむ……」

愛《め》でる、というより獲物を掴んでいる図にしか見えないが、カイムは手の中で固まっているルージュのふさふさした尻尾を好き放題にもてあそんでいる。表情筋はほぼ仕事をしていないが、楽しんでいる気配だけはアンジェリカに伝わってきた。

「なるほど、なるほど、なるほど……」

時間にすれば、長くて数分だっただろう。イーリューがじりじり距離を詰めてきても知らん顔でカイムは好奇心を満たし続け、ようやく満足したようだ。

「堪能した。感謝するぞ、ルージュ……ルージュ？」

「イーリュー、ルージュを巣に戻してあげて……」

掴まれた直後にルージュが気絶したのは、長く怖い思いをせずに済んだという意味では良かったのかもしれない。固唾《かたず》を呑《の》んで状況を見守っていたアンジェリカは、うめくように頼んだ。

　アンジェリカを長時間一人にするのも避けたいのだろう。礼儀を重んじるイーリューには珍しく、エプロンを翻しながら足早に去っていった後、カイムがさすがに気まずそうな声を出した。

「すまん」

「いいえ。あなたに悪気がないことだけは、私には分かっています」

　ルージュがどうかは不明だが。

「ですが、あなたはルージュに興味があるだけかもしれませんが、ルージュにとってあなたは大いなる脅威なのです」

　スーラに本気で食べられそうになっていても助けてやれると思うが、カイムが相手ではアンジェリカにも無理だろう。

　最悪、それで彼の気が済むのなら、見殺しにする必要さえ今後は出てくるかもしれない。

　冷たい選択肢が脳裏を過ったが、カイムはヨハンセンとは違う。アンジェリカの言うことにも、ある程度は耳を傾けてくれる。

　それを信じて、あえて断言した。

「カイム、自覚してください。ある意味あなたは、ヨハンセンよりわがままなのです」

「……なんだと？」

カイムの眼が険しさを帯びた。ヨハンセンの友だと言うくせに、彼よりわがままな男だと思われるのは嫌らしい。

我が夫の友人に相応《ふさわ》しい性格ね、と呆《あき》れながら、アンジェリカは理由を説明する。

「ヨハンセンは私の気持ちなどどうでもいいので、自分勝手に振る舞う。しかしあなたは、自分勝手な振る舞いを好むくせに、私に嫌われることをよしとしない」

眼を見張るカイムに、少しだけ口調を和らげて続ける。

「愛する者に愛されたいと願うなら、少しは相手の身になって考えることを覚えてください。……あなた、どうやら傷付いていても自覚しにくい性質のようですから、そのままだと嫌われる一方ですよ」

ヨハンセンのように、他人を蔑《さげす》むこと自体を面白がっている様子はないのだ。カイムはただ思うままに振る舞っており、そのせいで意図せず他者を傷付け、距離を置かれる。

それで本人が平気なら、アンジェリカが口を挟むことは何もない。しかし違うのなら直したほうがいい。

こんなことをヨハンセンに面と向かって言ったなら、今度は腕まで斬られかねないが、カイムはどうだろうか。当時の痛みを思い出し、思わず自らの足に触れてしまうアンジェリカをカイムは探るように見ている。

彼がはっきり意識して、こちらの心を探っている感触が伝わってきた。先の割れた蛇の舌が、アンジェリカの魂を舐《な》めている。

「お前は本当にプラパータ王家の生き残りか？」

その上での質問に、アンジェリカは思わず前のめりになってしまった。

「……どういう意味ですか。私が置物どころか、偽物だとでも？　あなたが本当に私が考えているような存在なら、間違うはずがありませんが」

対するカイムは、軽く背もたれに身を預けて何やら感じ入ったような雰囲気を漂わせている。

「すまん。言い方が悪かったようだ。お前は……王家の人間としても、蛇に理解を示しすぎる」

ルージュを止めようとして、うっかり「蛇」と口走ってしまったことをアンジェリカは思い出した。カイムも暗に肯定した。

ここまで来れば、もう間違いない。

「あなた……本当にここに封じられていた、蛇の神の化身なの？」

「無駄な質問だな。確信があるのだろう」

案の定、馬鹿にしている風ではない。本人はむしろ親切で言っているつもりなのかもしれない。

「……そういうところが理解を示されない理由ですよ、蛇神カイムよ。人間は相手の心を完全に読むことができないので、会話で確認する生き物なのです」

動物たちの裏表のなさに救われてきたが、蛇には一生頭を痛める運命なのかもしれない。実際に額に手を当てながら、アンジェリカはため息交じりに忠告した。

閉ざされた離宮内に、二日連続で易々《やすやす》と姿を見せたカイム。屋根から飛び降りる、というより滑り落ちて見えるほどの柔軟すぎる体の動き。

正統なる王家の血筋にこだわり、リスを好み、鷹を嫌がる性質。心を読み、記憶を操作する力も封印されし蛇神には相応しい。イーリュー、ビート、ゼナといった、人の形を取れる動物ともアンジェリカは長く触れ合っている。

要するに彼の正体については、出現段階でおおよその見通しは立っていた。創世神話の時代を遠く過ぎても、動物の姿をした神々の存在は王家の血を引くアンジェリカにとってはまだまだ身近なものだ。

もっとも、蛇の離宮に邪神が封印されている、との噂は蛇が集まっている場所だからだろう。安直な話だとさえ考えていたが、実際に眼の前に出て来れば認めるしかない。

「ここを邪神の神殿扱いしている者どもは、オレが蛇神だと名乗っても信じないだろうがな」

「……今のように心を読んで、勝手に相槌《あいづち》を打ってあげなさい。誰でもそのうち信じますよ」

その前に逃げられるだろうが、彼らに逃げられてもカイムはおそらく深追いしないだろう。その執着心は現在、正統なプラパータ王家最後の生き残りであるアンジェリカに集中している。

――さて、それは真実だろうかと、アンジェリカはふと考えた。

カイムは嘘はつかないが、余計なことはたっぷり言う。平気な顔で揚げ足を取ったりしてくることもあるのだ。

「オレはもう食ったぞ。お前も残さず食べればどうだ」

「……そうします」

空の器を示すカイムに、アンジェリカは文句を言う気も失《う》せてスプーンを動かし始めた。少し冷めてしまったスープを味わいながら、考えを進める。

カイムが蛇の神であり、ヨハンセンの友であることは本当なのだろう。そんな存在がどうして、今さらアンジェリカのところに通ってくるのか。

……神話の時代より続く王家の血に執着しているのなら、なぜ十年前、助けてくれなかったのか。

もしかするとカイムは、アンジェリカを完全に無力化させるために差し向けられたのかもしれない。

レクシオも言っていたではないか。国王は愛人を取っ替え引っ替えし放題。アンジェリカは置物状態とはいえ、王妃は王妃なのだ。

そこに男が通ってくるなど、仲を怪しまれて当然だ。ただ一人、側《そば》に残っている異性レクシオの存在も、表向きは人間の使用人が大勢いることになっているから問題視されていないのである。

カイムをなしくずしに招待させ、アンジェリカも愛人を持っていると噂を流し、王妃の座さえも取り上げる。愛する夫の考えそうなことではある。

だが、まだ後継者も生まれていないようなのにアンジェリカを追い払えば、彼の立場が揺らぎかねない。それこそ今になって、余計な波風を立てる必要はない。

（そう、今そういうことをやりそうなのは、ヨハンセンではなくて……）

彼の「王妃」、オリガではないか。

伯爵家の名前まで手に入れて、つい先日は我が物顔で振る舞っていたオリガである。とはいえ、ヨハンセンの寵愛《ちょうあい》がいつまで続くか不明なのは本人も分かっているだろう。

オリガの前の寵姫は五ヶ月、その前の寵姫は四ヶ月の間「王妃」と呼ばれていた。なら今回は三ヶ月、そろそろじゃないかと暇を持て余した貴族たちは、意地の悪い噂話を楽しんでいるらしい。

後継者に恵まれれば当面は安泰だろうが、ヨハンセンは彼女以外の女性にも手を伸ばしている。そちらに子ができる可能性もある。

権力を振るえるうちに邪魔者を消し、自分の価値を高めておこうと考えるのはオリガの立場なら自然だ。

そこまで考えた瞬間、カイムにじろりとにらまれた。

「このオレがプラパータ王家の人間ならまだしも、あんな下品な女の言うことを聞くと思うか？」

「……思いません。失礼しました」

オリガがカイムを差し向けたのでは、などと一瞬でも考えた自分をアンジェリカは反省した。ヨハンセンを友と認めているのは、傍流とはいえ彼もプラパータ王家の人間ではあるからだろう。その何十人目かの愛人になど、指図されたとしても従うカイムではないのだ。

「ごちそうさま。イーリュー、いつもありがとう。あ、今日はお代わりはいいから……ええ、その分夜にでもいただくわ。おなかが空《す》く展開になりそうだし」

空になった器を下げてくれたのは、ルージュを丁重に寝かせて戻ってきたイーリューである。

さてどうしましょう、と視線をやった瞬間、カイムに意図を読まれた。

「まだ帰らんぞ」

「……そうでしょうね。なら、食事の次はお散歩でもします？　あなたが一緒なら、蛇たちも礼拝堂に入れてくれるでしょうし」

昨日は顔見せと通ってくる約束だけ取り付け、さっさと姿を消したカイムだが、今日からが本番ということなのだろう。食事の席で、これ以上取れる情報もなさそうだ。

飽きるまで付き合ってやろうではないかと、アンジェリカは決意して立ち上がった。

カイムを伴い礼拝堂に近付くと、草むらの中で蛇たちがさかんに走り回って道を空ける様子が窺《うかが》えた。

「連中も、こいつにはえらく殊勝な態度を取るんだな」

呆れた声を上げるのは、中庭に入ってきたアンジェリカとカイムに近付いてきたレクシオである。

スーラに追われたルージュが会食の間に逃げ込んだ。かと思えばイーリューに抱えられて出てきた、というどたばた劇を見せつけられた彼は、とても放っておけないと思ったようだ。

「レクシオ、私は大丈夫……と断定はできないけど、その、あなたがいてくれても……」

遠慮がちながらもアンジェリカが苦言を呈しても、レクシオは肩を竦《すく》めるだけだ。

「……カイムは俺なんかじゃ、勝てっこない相手だってことは分かってるよ。だがお前、蛇は苦手だっただろ。あの中、俺でもぎょっとするほどの数の蛇がいるんだぜ」

カイムがただ者ではない、程度のことはレクシオも感じ取っているのだろう。彼に対する護衛になれないことは理解した上で、アンジェリカを心配してくれているのだ。

「昔話よ。今も、あなたや他のみんなとほど分かり合えている気はしないけど、お互いに大切に思っています」

レクシオの心遣いは嬉《うれ》しい。その一方でカイムの反応を危ぶみながら、アンジェリカは応じた。

ありのままに語った言葉に気を悪くした風はなさそうなカイムだが、レクシオに対する態度は冷ややかだ。

「貴様もぎょっとするのなら、いても無駄だろう。仕事に戻れ」

「お前みたいな、何を考えているか分からない、蛇そのものみたいなやつと二人きりよりはましだろうが！」

むきになったレクシオが発した「蛇」に、アンジェリカは内心ひやひやしていた。

最初にカイムを「アンジェリカの知人」と刷り込まれたレクシオである。そこに実は彼は蛇神である、などといった情報を与えたら、一体何がどうなっているのかと、余計に混乱しそうだ。

カイムがあっさりアンジェリカに飽きて去る可能性もあり、今のところ正体については黙っているのだが、この礼拝堂は邪神のねぐらだ。中を見て回っている間に、何も言わずとも気付いてしまうかもしれない。

そんなことをアンジェリカが考えている間に、カイムがすっと前に出て礼拝堂正面の低い階段を上り、巨大な蛇が描かれた扉に手をかざした。ぎい、と鈍い音に続き、艶やかな黒い鱗《うろこ》の波が陽光を弾《はじ》いた。

「ひゃっ⁉」

内側からひとりでに開いたかに見えた扉は、実際は中から押し開かれたのだ。カイムの呼びかけに従い、どっとあふれ出してきた蛇の濁流に苦手意識を刺激され、アンジェリカも久しぶりに声を上げてしまった。

「ほ……ほらな！　すげえ数だろ」

「え、ええ……これは……そ……壮観ね」

思わず飛《と》び退《の》き、その勢いでレクシオと抱き合い、つぶやくアンジェリカの声はわずかに震えを帯びている。

いいえ、これは相手が蛇だからではない、と彼女は自分に言い聞かせた。こうも大量の生き物、たとえば虫などが突然流れてくれれば、何だって驚くだろう。

（あなたの眷属《けんぞく》だから嫌がっているわけではありませんよ、カイム……）

そんな思いでカイムを見やると、彼は微妙に機嫌を損ねた顔をしていた。

はっとしたアンジェリカの腕を、カイムは強引に引いてレクシオから引き剥がした。ひんやりとした感触が、布越しにも感じ取れた。

「ここにはアンジェリカも入ったことがないはずだが、なぜお前が大量の蛇がいると知っている」

「は？　そりゃ……窓の外から見えるからな。枝の剪定《せんてい》なんかしてると、たまに眼に入るんだよ。そのたびに威嚇《いかく》されて、うっとうしいったらねえぜ。頼まれたって近付きたくねえよ、こんなところ」

突然のことに怒る暇もなく質問されたレクシオは、眉をひそめて吐き捨てる。蛇に嫌われる、というよりアンジェリカの側にいる邪魔者として威嚇されるのは、レクシオの宿命であるらしい。

「だが、なんか知らんが、アンジェリカはここに用事があるんだろ。しかもお前と。なら、俺も付いていくさ」

言いながらレクシオはアンジェリカの腕をそっと掴み、自分のほうに引き戻した。

「……ふん。忠義者気取りか」

「カイム、レクシオに失礼な言い方をしないで」

二人の中間地点に立ち位置を調整しながら、アンジェリカはカイムをたしなめた。険悪な空気が立ちこめている下で、一度礼拝堂からあふれてきた蛇たちは、あっという間に中に引っ込んでいった。

彼らの姿がいったん消えたのを見計らい、アンジェリカはそろそろとつま先を礼拝堂の中に差し入れる。

「上に部屋は……なさそうね。控えの間なども……ないか。というより、私たちが使っている部屋がそうなのでしょうね」

小広間、といった大きさの礼拝堂は、天井こそ高いが一目で見回せる規模である。神に祈るため以外の施設は、潔く外部に配置してあるようだった。

扉を開けてくれた蛇たちは、等間隔に置かれた長椅子の下や壁際に退いている。そしてじっと、アンジェリカとカイムを見ている。

蛇たちの視線を意識しないように努めながら、アンジェリカはそこ以外の細部に眼を凝らす。

「あそこに祭られている蛇は……白いのね」

正面には扉に描かれていたのと同じ、巨大な蛇の紋章が描かれている。

ただし色は黒ではなく白だった。そういえばカイムも着ている服は黒いが、肌は青白く、髪は銀色だ。

「レクシオが内部を見た窓って、あれ？」

アンジェリカが指したのは白い蛇の紋章の上部、三つ並んだ小さな明かり取りの窓である。

差し込む光による神々しい演出を見込んだ作りは、世界維持教の神殿とも共通している。

「あれだな、他にはねえし。しかし……いつもはもっと、床だの壁だのにも蛇が這《は》ってるんだが、今日は奴《やつ》ら、妙にこそこそしてるな。……なんなんだよ、お前」

明かり取り以外の窓がないのは、この離宮全体に共通する構造だ。もちろん、暗がりを好む蛇のためのものだろう。

それにしても反応がおかしい、と察したレクシオがカイムに探りを入れ始めた。

「それを知りに来たの。ですが……」

さっと割って入ったアンジェリカは、白い蛇の下、周りより高くなっている床の上に置かれた祭壇を見やった。試しに一歩、足を踏み出してみたところ、蛇たちが一斉に寄ってくる気配を察知したので静かに二歩下がった。

「レクシオ。やっぱりちょっと、この数の蛇の中に足を踏み入れるのは、その、厳しいみたい。あなた、あの祭壇あたりを見てきてくれる？　怪しいものがあったら、持ってきて」

「おう、任せとけ！」

カイムを差し置いて頼られたのが嬉しいのだろう。レクシオは勇んで礼拝堂の中を突っ切っていった。

蛇たちがあちこちから集まってきてシャアッと音を立てるが、庭師であるレクシオは蛇には慣れている。数が少なければ恐怖もないらしく、すいすいと進んでいく。

「うまく追い払ったな」

カイムの冷静な評価を、アンジェリカは肩をすくめて認めた。

「レクシオのためです。あなたにこれ以上、レクシオの記憶をいじったりしてほしくないですからね」

最低限の記憶操作しかされていないレクシオは、カイムについて新しい情報が入ってくると、ごく普通に疑うのだ。これ以上余計なことを知られる前に、必要な確認だけして退散したほうがいい。そんな判断を下すアンジェリカをカイムは凝視し続けている。

「蛇の群れが怖いのも事実のようだが」

「そういうことは分かっても言わないの！　……ところであなた、ずっとここに封印されていたの？」

礼拝堂中から集まってきている蛇の視線にぞわぞわしたものを感じながら、アンジェリカはカイムに聞いた。

「お前はどちらだと思う？」

「五分五分、といったところですね。あなたが蛇の神なのは間違いない。ここにあなたが祭られているのも、間違いない。あなたと近しい気配が、ここには残っているので」

明かり取りの窓から差し込む春の陽光さえ、この場に満ちたひんやりとした神気に取り込まれてしまっている。手を付けないとの約束もあり、入ったことがない場所であるのに、懐かしい……というか、カイムに似通った空気が漂っているのだ。

「でも、あなた、私のところに『通って』来ると言いましたよね。同じ敷地内にいるとはいえ、私に会いに来るという表現としては、妥当かもしれないけれど……」

カイムは黙って視線を寄越してくるばかりだ。もっと考えろ、とでも言いたげに。

ならそうしましょうと、アンジェリカは諦めて思考を練り続ける。

さっきレクシオがこう言った。いつもはもっと、床や壁にも蛇が這っているが、今日は妙にこそこそしていると。

それは主が帰ってきたからではないか？

カイムは長くここにいた。だが近年はいなかった、のではないのだろうか。

神の血を引く者の末裔《まつえい》として、本当に邪神が身近に封じられていれば、何か感じ取れるものがあったのではないかと思うのだ。たとえばあの、夢のように。

「そう、あの夢も……ううん、でも、辻褄《つじつま》が合わないような……？」

「夢？」

何の話だ、と言いたげに復唱したカイムの声に、レクシオの叫びが重なった。

「おわっ⁉」

驚いてそちらを見やれば、アンジェリカの指示どおりに祭壇まで辿《たど》り着《つ》いていたレクシオの足に、何匹もの蛇が絡みついている。

「おい、なんだ、やめろ、やめろって……！」

「レクシオ⁉　こらっあなたたち、レクシオから離れなさい！」

アンジェリカに一喝された蛇たちが不服そうにしながら離れていく。今にも引っくり返りそうになっていたレクシオは、慌てて祭壇から離れると小走りにアンジェリカたちのところに戻ってきた。

「ああ、びっくりした……」

「ごめんなさい、レクシオ。でも、ありがとう。蛇たちを傷付けないでくれて」

カイムも分かっているだろうが、念押しの意味も込めてアンジェリカは礼を述べた。その気になればレクシオは、邪魔してきた蛇たちをもっと乱暴に扱ったり、殺したりもできたはずなのだ。

一方、蛇とカイムの関係性を知らないレクシオは、これみよがしに言い放った。

「気にするな。どうだよ、やっぱり俺がいて正解だったろ？」

頼り甲斐《がい》があるだろう、と自慢するレクシオにもカイムは冷めた声を返すだけだ。

「物を知らん男だ。アンジェリカに蛇が襲いかかるはずがあるまい。成果もなかったようではないか」

「なんだと！　しょうがねえだろ、特にそれらしいものも置いてなかったしよ……！」

これはだめだ。頭の痛い思いをしながら、アンジェリカは率直にレクシオに頼んだ。

「レクシオ、悪いけど、あなたは仕事に戻って。あなたのことが心配で、かえって集中を乱されてしまうの」

「アンジェリカ、だが俺は……！」

「……お願い、レクシオ。命の恩人の頼みよ」

眼と眼を合わせて訴えると、レクシオは複雑に表情を歪《ゆが》めたのち、「アンジェリカに何かしやがったら、ただじゃ済まさねえぞ」と吐き捨てて礼拝堂を出て行った。

「貴様がオレに何ができると言うのだ」

「カイム」

去りゆく背にまで執拗《しつよう》に言い返すカイムを、アンジェリカはうんざりしながら呼んだ。

さすが蛇の神、といったところか。普通の蛇より能力が高く、なまじ言葉が交わせる分、厄介度が段違いである。正直さっさと飽きて帰ってほしいが、へそを曲げられて別の場所で暴れられても困る。

「あの男のことが、そんなに大切か」

カイムのほうはカイムのほうで、アンジェリカのレクシオへの態度がお気に召さない様子だ。

「ええ。ですからあなたも約束したように、レクシオのことも家族のように大切に考えてください」

「家族ならば、時にはじゃれ合うこともあるだろう」

「……じゃれ合いを言い訳にレクシオを傷付けたりしたら、黙っていませんよ」

際どい冗談のつもりなのかもしれないが、そろそろ一線を越えている。きつくにらんでも、カイムは我が意を得たりとばかりに言い返してくる。

「ならオレが来ている間は、あの男を近付けなければいい」

「……あなたはやっぱり、レクシオを遠ざけたくて挑発しているのね……？」

より正確に表現すれば、アンジェリカ自身の手でレクシオを追い払わせたい、のだろう。

言ってしまえばレクシオごとき、単純な力による排除はカイムならいくらでも可能だろう。

だが、それをやれば本気でアンジェリカに嫌われると分かっているのだ。

危険を悟ったアンジェリカが自らレクシオに下がるよう言えば、彼女自身の判断となる。一度決めたことを簡単に覆したりしない性格も読んだ上で、そういう風に誘導しているのだろう。冷静な判断である。それはそれとして、仮にも口説きに来ている相手に打つべき手か？

つくづく蛇とは感性が合わないわね、とアンジェリカは奥歯を噛《か》み締《し》めながら思った。

カイムにとって今のはぎりぎりかもしれないが、アンジェリカにとってはすでに許容範囲超えだ。この男は自分の都合で、レクシオの身命を取引材料にしたのだから。

「……オレは、ただ」

強い拒否感が伝わったのだろう。瞬《まばた》きこそしないが、蒼い眼が伏せられた。

「オレは、お前さえいれば……」

「……はいはい」

呆れてアンジェリカも、引き結んでいた唇を緩める。

感性が合っていないのは間違いない。まずレクシオに謝りなさい、と言いたいが、困ったことにカイムがしょんぼりしていると、アンジェリカの胸にももやりとしたものが溜《た》まるのだった。

「そんなに喧嘩がしたいなら、私とやりましょう。次は武道場へ案内しますよ、カイム」

こういう時は体を動かすに限る。踵《きびす》を返すアンジェリカに、カイムは少しだけ困ったような調子で質問してきた。

「死にたいのか？」

「違います！　あくまで手合わせです、手合わせ!!　ちゃんと加減はしてちょうだい!!」

蛇の愛の行き着く先がそこだとしたら、感性が合わないどころの話ではない。アンジェリカは真剣に念を押した。


武道場に改築された広間の中央に立ち、カイムと相対するアンジェリカを、行き過ぎる動物たちが不安そうにちらちら見ている。

「……イーリュー、四回目よ」

廊下のモップ掛けにかこつけて、そっと扉の隙間から覗《のぞ》いてくる忠義者にアンジェリカは苦笑いしながら注意した。

「大丈夫。この人、私のことが好きなんですって。だから殺されはしないでしょう」

はっきり姿は見えないながら、そこかしこに潜んでいる気配たちを安心させるためにアンジェリカは言い放った。くれぐれもカイムの手が滑らないよう、一緒に祈ってほしい。

「武器は使わないのか」

「あなたも使わないようですしね」

剣や槍《やり》、弓に斧《おの》に棍棒《こんぼう》など、武具の類いはここには一通り揃っている。そのどれも、子供の頃名将クーリッツより受けていた訓練、そして日々のレクシオとの訓練によって並の兵士以上に使用は可能だが、まずは素手にて互いに様子見だ。

「では、参ります！」

軽く一礼するなり、アンジェリカはすばやく地を蹴ってカイムに向かっていった。

戦場で武器を失えば、掴み合いになることも多い。素手での格闘もしっかり身につけている。

相手がレクシオであれば、最初の拳が入ったはずだ。それを防がれても、次に用意していた、しゃがみ込みながらの足払いが入ったはずだ。

だがカイムは気が付くと、無傷でアンジェリカの真横にいた。

「人間としては足が速いと思っていたが、こんなものか」

「へ……あなたの全速力と比べないでもらえます⁉」

礼拝堂でのやり取りが効いているのだろう。この場にレクシオの姿は見えないが、心配性の彼はどこかで聞き耳を立てているかもしれない。

失言しないよう気を付けながら、アンジェリカは果敢に攻撃を続けた。

しかし、物の見事にかすりもしない。こちらは必死だというのに、カイムは次第に飽きたような雰囲気さえ漂わせ始めた。

腹が立ってきたアンジェリカが強く拳を握った瞬間、カイムの眼がちかりと赤く輝いた。

まずい。

慌てて拳を開いたアンジェリカであるが、ひたすら回避を続けていたカイムの右腕が、攻撃の目的で動くのが確かに見えていた。どうやら祈りは届かなかったらしい。

だが、鋭い一撃を覚悟したアンジェリカの体のどこにも痛みは来なかった。代わりにカイムがぐぅ、と低くうめくのが聞こえた。

「カイム!?」

「問題ない」

「でも、血が……」

黒い服の袖口を伝い、武道場の床に滴り落ちたのはカイム自身の血だ。どういうことだと戸惑うアンジェリカに、彼は理由を教えてくれた。

「無理矢理動きを止めた反動だ。問題ない」

アンジェリカに手加減を超えた攻撃を仕掛けそうになり、その動きを強引に中止したせいで自分に反動が来たのだ。呆気《あっけ》に取られているアンジェリカに、カイムは何事もなかったかのように忠告を放った。

「しかし、素手ではさすがに相手にならんぞ。一つ間違えば大怪我《おおけが》を負わせてしまう。諦めて武器を取れ」

「そうさせていただきましょう。ですが、その前に」

言うなりアンジェリカは並んだ武器のほうを振り向いたが、そのどれにも手を触れず、血止め用に常備してある清潔な布を持って戻ってきた。

「腕を出してください、カイム」

「……いや、血止めなどいらんが」

「分かっています。どうせすぐに治るのでしょうね。ですが、放置は私の気が済みませんので」

手加減抜きで殺されるのはごめんだが、手加減のしすぎで彼が傷付くのもおかしな話である。

困惑しているらしいカイムの腕を掴み、アンジェリカは袖をめくり上げた。

青白い腕の見た目は人間と何も変わらない。うろこが生えているようなことはないのね、とつい考えながら二の腕の傷口に布を巻き、袖を元に戻してやる。

「要らん血止めの布が変な風に服の下でずれて、かえって気色が悪い」

「悪かったですね、なら自分でいいように直して！」

少し赤くなりながらアンジェリカは言い返した。

見た目の印象よりしっかり筋肉が付いているせいか、途中で引っかかったような気はしていたのだ。ちょっとだけ、ちょっとだけ不器用な自覚も一応ある。

「いや、これでいい」

「そうですか。では早速、続きといきましょうか！」

これで貸し借りなしだ。気が済んだアンジェリカは、改めて後ろ手に手を伸ばした。

目当ては短剣だ。より正確に言うなら、短剣の入った木箱である。

縁を掴んで振りかぶった箱の、何十本と入っていた中身だけがカイムに向かって飛んでいく。

この奇襲自体は彼に読まれていたかもしれないが、無作為に飛ぶ短剣の軌道まではアンジェリカにも分からない。全てを避けるのは不可能だろう。何本かは当たるかもしれない、と考えてのことだった。

読みは当たった。何本か、どころか結構な数がカイムに当たった。

彼がまるで避けなかったからである。

派手な金属音を立てながら短剣が床に散らばる。訓練用に刃を潰しているとはいえ、金属は金属だ。柄《つか》まで全て金属のものも交じっており、投げつける武器としては石より殺傷力がある。

しかしカイムはどこ吹く風だ。むき出しの端正な顔にも短剣の雨は容赦なく降り注いだはずだが、傷一つ負っていない。

薄い唇を動かして、彼は淡々と評価を下した。

「要らん血止めという情けをかけておいて、血も涙もない奇襲に移行するという考え方は悪くない」

「……ありがとうございます」

軽く息を吐いて、アンジェリカは仕方なく礼を言った。

こうなるだろうとは思っていたのだ。人間の力や武器は、蛇神であるカイムには通らない。

つまりはアンジェリカの装備など、何であっても意味がない、ということである。死にたいのか？　と問いかけてくれたのは、彼なりの温情だったのかもしれない。

「だが二度目はないぞ。本気を出せばどうだ？」

「あなたは本気を出さないでください、ねっ！」

抑揚のないカイムの挑発に応じ、アンジェリカは再び構えを取る。

大抵の人間なら、もう何をやっても無駄だと気力を失う場面だろう。

だが、することもないからと離宮内で武術訓練を続け、いつの間にかレクシオよりもかなり腕を上げてしまったアンジェリカだ。自分より圧倒的に格上の相手との対戦は、新鮮な喜びをもたらしていた。


その日の夜、夕食を終えて早々にアンジェリカは自分の部屋に戻るなり、寝台に倒れ込んだ。

「はー、疲れた……」

カイムも帰ったからだろう。気絶から眼を覚ましていたルージュが心配そうに寄ってくる。

柔らかな毛に覆われた額を頬に擦《こす》りつけてくるのが可愛《かわい》くて、撫《な》で返してやりたいのだが、今は指一本動かしたくない。

武道場でのカイムとの手合わせは、最初の短剣ばらまき以外の全てが当たりもせずに終わった。きちんと手加減されているため、こちらが傷を負うこともなかったが。

「うう、悔しい……明日こそは……！」

イーリューに抱き起こされ、されるがままに夜着に着替えさせてもらいながら、アンジェリカは歯噛みする。熱くなっている主を憐《あわ》れんだのか、イーリューが普段はあまり触れさせてくれない尻尾を出して、その先でそっと撫でてくれたのが救いだった。

夕食の席を囲み、今度は最初から料理に口を付けたカイムは、「ではまた明日」と言い置いて去った。

相手にならない、見込み違いだったとして二度と来ないかもしれないとも思っていたが、つい熱くなったアンジェリカがあれこれ工夫して抗《あらが》う様が面白かったのだろうか。あの様子だと、本気でしばらく通って来そうである。

「いいですけどね、約束は守ってくれるようですし……向こうがその気なら、止めることもできませんし……」

お気に入りらしいから、などと思い上がってはいけない。神は気まぐれで強大、人間の意見を聞いてくれるような存在ではない。

聞かせようとしては、いけないのだ。

プラパータ王家に代々伝わる戒めも睡魔に飲まれていく。疲れ切った体を抱き締めてくれる、温かな闇に身を委ねながら、アンジェリカはぼんやり考えていた。

やはり、あの苦しい夢の気配が来ない。

一昨日まで夜毎《ごと》アンジェリカを踏み付けているような、締め付けているような苦痛を与え続けてきた夢が、カイムが姿を見せた途端にぱたりと消えたのだ。

カイムの正体にあらかた見当が付いた段階で、さては彼があの夢の元凶かとアンジェリカはにらんでいた。

ところが彼が来た日の夜は、大変よく眠れたのである。

今夜も快眠できそうだが、まだ二日だけだ。断定はできない。元凶が実際に姿を見せたので、悪夢として現れることがなくなったのかもしれない。

不安も大きいものの、娯楽の限られた生活の中、眠る楽しみを取り戻せたのは素直にありがたい。くよくよ考えたところで、今すぐどうにかできる状況でもない。

割り切ったアンジェリカは、おとなしく眠りについた。


蛇の離宮の門が開く日は決まっている。季節ごとの舞踏会が開催される時もそうだが、十日に一度、日用品などを扱う出入りの業者が馬車に乗って通ってくるのだ。

「アンジェリカ、大丈夫だとは思うが確認を頼む」

「ええ……うん、大丈夫、フレッドルたちよ」

いつもの時間にビートに呼ばれたアンジェリカは、巨大な門に一箇所だけある覗き窓より自ら相手を確認した。

頭巾を被《かぶ》った男が、窓の向こうから割り符を差し出してくる。それと軽薄な笑顔を認めたアンジェリカが門番たちに開門を促し、巨大な門扉が鈍い音を立てて開いた。

「いいぞ、通れにやけ男！」

「くれぐれもアンジェリカに粗相のないようにな！」

「わきまえてますって、怖い怖い。ご機嫌麗しゅうございます、王妃様。お、今日はなんだか調子が良さそうですね」

すばやく入ってきた馬車から降りて、へらへらとアンジェリカに話しかけてくる若者は、業者の代表を務めるフレッドルである。

肩に落とした頭巾の下、あせた金色の髪を適当に整えた彼は、相手が身構えない程度に見目が良く愛想が良い。だからこそ油断ならない相手だと知っているアンジェリカは、さり気なく答えた。

「悪い夢を見るって言ってたでしょ？　最近ようやく、解放されたの。ところでこれは、レクシオの荷物よね。ゼナ、これはレクシオ本人に任せましょう」

荷馬車にたっぷり積んできた荷物を、動物たちがてきぱきと離宮の各所に運んでいく。そちらに眼をやってアンジェリカは話を逸《そ》らそうとしたが、フレッドルは諦めない。

「それは良かった。しかし、なんでそんな夢を見たんですかね」

「なぜかしらね。いつもの顔見せが近付いてきていたせいかも」

「嘘つけ、あんたはそんなに柔《やわ》じゃないでしょう」

　フレッドルの緑眼が意味ありげに光った。

「調子は良さそうなんですが、あんた……というより、この離宮の空気自体が、なんとなく前と違うんだよな。何かありました？　教えてくださいよ、俺とあんたの仲でしょう」

　なれなれしい態度を取るフレッドル。そこまでの仲ではないと言いたいが、相応の金を渡しているとはいえ、危険な橋を渡らせているのは事実である。

　そもそも彼は、真っ当な商人ではない。盗品などの怪しい品物を隠すなら、蛇の離宮を囲む森の中は都合がいいと、大胆にも根城に使っている流れ者の闇《やみ》商人なのだ。

　フレッドルがここに流れてきた時点で、アンジェリカはすでに幽閉されていた。置物王妃の顔を見てやろう、ついでにめぼしい品があればいただいてやろうと離宮の様子を窺っていたフレッドルはスーラに見付かって追い立てられ、ビートとゼナに捕まって縛り上げられ、アンジェリカの前に引き出されてきたのである。

　そのまま始末しても問題なかったのだが、丁度アンジェリカたちも気の利かない人間の召使いを追い出した次の手として、王家の息がかかっていない商人を探していた。ヨハンセンに気兼ねすることなく、自由に品物を手に入れるためだ。

かくしてフレッドルは、国王の許可を得ずに蛇の離宮を出入りする、秘密の御用聞きとなったのだった。当然その流れで、アンジェリカが憐れみと軽蔑をない交ぜにして語られる、置物などではないことも知っている。

「べたべたしないで。私は置物とはいえ王妃ですよ。また縛り上げられたいの？」

「王妃様に縛られるなら……なんてね。いいじゃないですか。俺の口が堅いのは、あんたもよくご存じでしょう」

図々《ずうずう》しい。呆れるアンジェリカであるが、それにも増して勘の良さが憎たらしい。カイムの件についてまでフレッドルを深入りさせるかどうかは、もう少し考えたかったのだが。

そんなアンジェリカの迷いは、次の瞬間必要なくなった。

「なんだこの男は」

「えっ、そっちこそ誰⁉」

アンジェリカとフレッドルの間に割り込むようにして、寒気がするような銀髪の美形が唐突に出現したからである。

「ふ、ふふ……面白い男……！」

武道場で待っているよう言い付けておいたのに、知らない男を察知すると我慢できなかったらしい。やけになって微笑《ほほえ》むアンジェリカを、カイムは真顔で眺めやる。

「お前もかなり面白い女だぞ」

「は？　あなたに言われたくないですが？」

「いや、王妃様は、ご自分が思ってらっしゃるより、だいぶ面白いですが……？」

フレッドルまで加わった不毛な会話を経て、カイムは堂々と名乗った。

「オレはカイムだ。アンジェリカに求婚するため、ここに通っている」

蛇の神がどうだ、という話をする様子はない。自分から開示する気はないのかもしれないが、ならば普通に出てきてほしかったと遠い眼をしているアンジェリカをよそに、カイムはしゃべり続ける。

「そしてこれは、アンジェリカに巻いてもらった血止めの布だ」

心なしか自慢げにカイムが指し示すのは、右の二の腕である。アンジェリカが巻いてやった血止め布を、いたく気に入っているのだ。

「……もう血止め布じゃないでしょう。とっくに血は止まっているじゃない。そもそも新しく巻き直したものだし、ただの飾りですよ」

アンジェリカの手当てに感激したのだろう。これでいいと言って外そうとしないくせに、感覚が気色悪いという話を延々としてくるため、服の下ではなく上から巻き直してやったのだ。血が付いているのも物騒だからと新しいものへと取り替えたので、本当にただの飾りでしかない。

「そんなことはないぞ。フレッドルとやら、貴様ごときには到底扱えぬ貴重な品だ。そうだろう？」

「そ、そうですね……俺の負けでいいですわ……」

盗賊としてアンジェリカの前に引き出されてきた時でさえ、飄々《ひょうひょう》としていたフレッドルが露骨に引いている。少し低い位置にある彼の眼を、カイムはじっと見つめた。

「貴様にそれほど強い下心はなさそうだが、必要以上にアンジェリカに近付くな」

心を探る、蛇の視線。フレッドルはけちな小悪党を自称してはばからないが、その分危険を察知する力は持っている。

なまじ、相手の力が分かってしまうからだろう。レクシオのように感情に任せて突っかかることこそなかったが、フレッドルはあたかも蛇ににらまれた小動物のように、ぎくりと硬直した。

「カイム、いけません。フレッドルに何もしないで！」

咄嗟《とっさ》にアンジェリカはカイムの手を引いて止めた。そしてフレッドルに言い聞かせた。

「フレッドル、大丈夫……多分……大丈夫よ。大丈夫、多分」

「自分が信じてない嘘つくの、やめません……？」

フレッドルの不安はかえって増したようだが、カイムの眼の色は蒼から変化しなかった。

「貴様に操作は必要なさそうだな。うかつに秘密を漏らすような男ではない」

「……へへ、買い被ってもらってるようで、何よりですよ」

頭をかいたフレッドルも、差し当たっての危険はないと判断したようだ。表面上は普段の余裕を取り戻していた。

「深掘りするとやベー雰囲気しかないんで、今はあんたが教えてくれたことだけ知っておきますわ。俺はフレッドル、ここの出入りの商人ってやつです。十日に一回しか顔を出しませんし、あんたの邪魔はしませんよ。王妃様を口説くのに必要なものがあれば、何なりとお申し付けください」

「わきまえているようで何よりだ」

低姿勢を繕うフレッドルの胸中はお見通しなのだろうが、それも含めての発言だ。カイムの注意は彼から離れた。

そこへ、丁度良く庭仕事を一段落させたレクシオが近付いてきた。

「あぁ？　おい、カイムてめえ、フレッドルに妙な真似をするんじゃねえぞ」

「おっと、レクシオ、あんた宛の荷物はこれだ。じゃ、そういうことで！」

レクシオをいさめるついでに、フレッドルは自分も離れていった。賢明な判断にアンジェリカは便乗した。

「後は任せるわね、レクシオ。フレッドル、私は特に何か追加したい物はないわ。ではカイム、戻りましょう！　もう勝手に出てきてはだめですよ！」

「お前がオレの側にいればいいだけの話だ」

子供のように言い返してくるカイムの腕をぐいぐい引いて、アンジェリカは彼と共に武道場に戻った。

言うことが自分勝手すぎて、時々子供じみた態度にすら見えるカイムであるが、対戦相手としての彼はとてもそんな可愛いものではない。

「これでオレの三十勝目だな」

「くっ……！」

記念すべき敗北に膝を突いたアンジェリカは、ぶつくさ言いながら起き上がった。

「べっ、別に、あなたに負けてもなんとも思いませんけど!? だってあなた、クーリッツ師匠よりも強いですし！　弟子の私が負けても仕方ないですよね……!!」

王女時代のアンジェリカに稽古をつけてくれた名将クーリッツは、今でもプラパーター一の戦士として名高い。しかし彼もカイムには勝てないだろう。

ならこの結果も仕方がない、というしょうもない言い訳に、カイムは容赦なく追撃してくる。

「オレは手加減しているしな」

「……そうですね！」

仮にも言い寄ってきている男にここまで言われては、認めるしかない。潔く切り替えたアンジェリカは、ふと思い付いて尋ねた。

「そういえばあなた、クーリッツ師匠ともお友達なのですか？」

「いつもヨハンセンの側にいる、あの厳《いか》つい男か。違う」

クーリッツとも面識はあるようだが、ばっさり友達ではない、と言い切られた。ヨハンセンと違ってクーリッツは、厳しすぎて近寄りがたい面はあるものの、誠実でとても良い人なのだが。

もっともその誠実さを、クーリッツはヨハンセンに利用された。腕一本で王家の指南役にまで登り詰めたクーリッツであるが、若い頃の彼を見込んで取り立ててくれたのはヨハンセンだったのだ。

昔の恩を返せ、と詰め寄られたクーリッツは苦悩の末ヨハンセンの反逆に従い、現在がある。師匠があの人に付かなければ、王族とはいえ人望のないヨハンセンの勝利はなかっただろうに。クーリッツの顔を見た瞬間、自らが生き延びることを諦めた父の顔が脳裏を過った。

苦い思いは脇に置いて、アンジェリカはさらに尋ねた。

「……ヨハンセン以外に、お友達はいないのです？」

「いない」

明確な断言にそれ以外の意味はなさそうだ。気にしている風ではない。

だが、これでカイムに傷付く心がないわけではないとアンジェリカは知っている。自然と口調が慎重になった。

「蛇たちは、僕……というか、眷属という雰囲気ね。神々の中にお友達は？」

「いない。なぜか嫌われる」

「いえ、原因は明確なんですけど……」

傷付く心を持ってはいるくせに、他者を無自覚に傷付けるから嫌われるのである。邪神だの祟《たた》るだのと噂されているが、カイム自身にそのつもりはないのだろう。

彼に悪意だけはない。意図がないから、反省もしないのだ。

改めて、えらいものを引き寄せてしまったとアンジェリカは頭を抱えた。そこで彼女は、ふと思い付いて尋ねた。

「あなたが私をこうも気に入ってくれるのは、私やヨハンセンの祖先であるユリヤ様が、あなたのお友達だったから？」

一瞬、カイムが答えるまでに間が空いた。

「――違う。お前がお前だからだ」

「……そう、なの。そこは関係ないのか」

前にも似たようなことを考えたではないか。カイムのプラパータ王家への親愛が現在も続いているのだとしたら、アンジェリカを口説くのはとにかく、正統な王家を断とうとしているヨハンセンの友人になるはずがないのである。

そのくせ正統な王家の血にこだわる点については、分からない、としか言えない。

蛇の気持ちも神の気持ちも人間には理解しづらいのに、両方揃うとお手上げである。筋を通そうとすること自体、間違っているのかもしれない。

ため息を吐《つ》いたアンジェリカは、本日も扉の隙間からこちらを覗き見ているイーリューに微笑みかけた。

「一休みしましょう。イーリュー、お茶にしてくれる？」

待ってましたとばかりに、イーリューはお茶の用意を取りに厨房《ちゅうぼう》へと走っていった。


武道場の隣にある談話室へと移動したアンジェリカは、砂糖も牛乳もたっぷりのお茶をゆっくりと楽しんだ。

カイムも同じ茶を飲んではいるが、その眼はじっとアンジェリカを見つめている。相変わらず彼は、アンジェリカが飲食する様を見るのが好きである。

蛇としても変な趣味だとは思うが、この調子で半月以上過ごしてしまったので慣れてしまった。咎《とが》めても無駄なのでアンジェリカは好きにさせているが、その肩の上でルージュは尻尾をぱたぱた振って低いうなり声を出している。

「ルージュ、やめておきなさい。怒ってくれるのは嬉しいけど、あんまり調子に乗っていると、また尻尾を触られるわよ」

臆病だが強気なルージュである。一度はカイムに触れられ失神したが、触れられても殺されはしないことを身をもって学んだ。

逆にそれ以上のことはされない、と見切ったらしい。あれ以降、さかんにカイムに喧嘩を売る真似をするのだ。

カイムもルージュは比較的気に入っているようだ。喧嘩を買う様子はないが、ルージュを気に入っているからこそ、その尻尾への欲は消えていないのである。

「そんなにオレの気を引きたいのか」

激しく振られている尾に向かって、カイムが手を伸ばす。

ルージュは慌ててアンジェリカの後頭部に爪を立てて隠れ、さっと反対側に尻尾を逃がす。

カイムがそちらに手を伸ばす。彼が初めて訪ねてきた時の完全再演である。

「……そんなにオレに触れられるのは嫌か」

二回目ということもあり、カイムは早々に諦めた。だがすぐに、いいことを思い付いた、とばかりに口を開いた。

「ならば、お前がオレに触ればいいのではないか」

「え？」

アンジェリカは驚きを声に出し、ルージュはその後ろからそっと顔を出して驚きを表現した。

「ルージュ、オレの肩に乗って尻尾でオレに触れろ。オレからは何もしない。誓う」

大真面目に右手を上げ、宣誓するカイム。しかしルージュは信じられるものかとばかりに、またアンジェリカの頭の後ろに引っ込んだ。

するとカイムは、珍しくはっきりと馬鹿にした声を出した。

「しょせん、リスはリスだな。そこまでオレが怖いか」

とん、と軽い音がアンジェリカの耳に届いた。

その数秒後、カイムの肩に駆け上がったルージュの尻尾が恐ろしい速さで左右に振られ、カイムの頬を叩《たた》き始めた。

「……大丈夫ですか？　毛が眼に入らない？」

短剣の雨を降らせても傷一つ付かなかった神だ。怒れるリスの尻尾に乱打されたところで、絵面が面白い以外の被害はないだろう。分かっているが、一応アンジェリカは確認してみた。

「オレの眼は、まぶたなどというものを必要としない作りだ」

ばしばしと遠慮なく顔を叩かれながら、カイムは身じろぎもせず答えてくれた。蛇の眼はまぶたを持たず、瞬きをしないが、大切な器官を庇護《ひご》する膜を持たないわけではないことはアンジェリカも知っている。

本人は幸せそうだし、いいか……とアンジェリカは納得しかけたが、カイムの本命はあくまで彼女なのである。

「お前も触れ、アンジェリカ」

間が持たないので、お茶のお代わりでも頼もうかとした矢先、カイムが声をかけてきた。

「えっ？　わ、私が？　どうして」

「三十回もオレに負けたのだから触れ」

「……分かりました！」

堂々と弱みを衝《つ》かれたアンジェリカには、床を蹴る勢いで立ち上がるしかなかった。

白々しくルージュを挑発し、狙いどおりに動かした時点で……いや、初めて彼が訪ねてきた時から分かっていたはずだったではないか。我が道を行く天然発言が多いカイムだが、その気になれば言葉を使って人を引っかけることもできるのだと。

腹を立てながらつかつかとカイムに近付いたアンジェリカは、少し迷ってから彼の銀の髪に触れた。

きれいに整ったこの髪を、ぐしゃぐしゃにしてやろうか。一瞬そんなことも考えたが、すでにルージュの尻尾平手により、カイムの前髪は訳の分からないことになっている。

では、もう、普通に殴ろうか。いっそ蹴飛ばしてやろうか。空想の暴力は空想に終わった。

カイムにとってアンジェリカに殴る蹴るされるのは、ルージュの尻尾にはたかれるのと大差ない。三十回も負けた上に、その仕返しとして無意味な拳を振るうなど、アンジェリカの自尊心が傷付くだけである。

「育ちが良いことだ」

「……ふん、私を寛大に育ててくれた家族に感謝することですね」

立ったままカイムの腕に触れ、ついでに例の血止め布が少し緩んでいたので結び直してやりながらアンジェリカは憎まれ口を叩いた。カイムはほんのわずかに口角を持ち上げ、嬉しそうな様子だ。

「楽しいですか？　これ」

「楽しい」

ルージュも尻尾を振るのに疲れたらしく、肩の上で息を切らしているだけだが、力なく垂れた尻尾の先が頬に当たっているのでカイムとしては問題ないのだろう。

そこへイーリユーが、自主的にお茶のお代わりを持って現れた。

「にゃッ!?」

カイムを見張りに来たに違いないイーリユーが、予想外の光景に固まる。少し考えてから、アンジェリカは諦めたように微笑んだ。

「イーリユー、あなたもいらっしゃいな。カイムはみんなを侍《はべ》らせたいそうよ」

イーリユーの眼がアンジェリカ、そしてルージュを見る。最後にカイムを見たイーリユーを、彼は青白い手で手招きした。

「貴様も仲間に加えてやろう」

傲慢な一言を聞くやいなや、イーリューはかっと眼を見開いた。そして静かに歩き、持ってきたお茶を丁寧にアンジェリカの前に置いた。

侍女の鑑《かがみ》のような態度を見せた直後、イーリューはカイムの膝の上に思いきり体重をかけて座った。

「重くない……？」

とりあえず、アンジェリカは聞いてみた。元が猫とはいえ、人の姿を取っている際のイーリューは体重も変わっているはずだ。だっこ比べしたことがあるので間違いないが、カイムは強がる風もなく首を振った。

「問題ない。楽しい」

表情には一切出ていないものの、心なしか眼が輝いているのが分かった。なんだか自分も嬉しくなって、アンジェリカは弾んだ声で提案した。

「なら、蛇たちも呼びますか？」

「それは間に合っている」

アンジェリカに求婚し、ルージュにちょっかいを出し、イーリューも来てくれるのは嬉しいカイムだが、眷属である蛇を侍らせる趣味はないらしい。嫌っているというわけではなく、同族とこういった触れ合いをする気がないのだろう。

蛇同士で仲良くすればいいのなら、たまに垣間見《かいまみ》せる寂《さみ》しさもそれで埋められたはずだ。胸を過った言葉は口に出さず、アンジェリカはごまかすように視線を巡らせた。

「レクシオ……は、やめておきましょうね。あなたたち、相性が悪そうだし」

「お前とあの男の相性も別に良くはない」

隙あらばレクシオとアンジェリカとの絆《きずな》に割り込もうとするカイムである。好き嫌いの激しさは面倒で仕方がないが、ここでアンジェリカが本気で嫌悪を示せば、また彼を傷付けてしまうだろう。

せめてとその髪を軽く引っ張ってやりながら、アンジェリカはため息を零《こぼ》した。

「……困ったわね。あなたを怒らせて、レクシオに八つ当たりされても困るし……」

「心にもないことを抜かすな」

一度目のため息が終わる前に言われ、いい加減カイムに慣れてきたアンジェリカもげんなりしてしまった。

「……あなたねえ……私の本音が読み取れたとしても、こういう時は知らないふりをするものよ。できないわけじゃないでしょうに」

平然と人の揚げ足を取るぐらいだから、相手の心を読んだ上で対応を変えることも可能なはずなのだ。また腹が立ってきたアンジェリカであるが、一休みしたルージュが再びカイムの顔を景気良くはたいてくれたので手打ちとした。

「まあ、いいでしょう。認めてあげるわ。なんだか私も、あなたと会うのが逆に楽しくなってきました」

最初は辛くてたまらなかった蛇の離宮暮らしにも慣れ、少し刺激が欲しいとさえ思っていたところだ。カイムは刺激として強すぎる気はするが、そうであるからこそ、アンジェリカ以外に相手は務まらないだろうと自負している。

一応ヨハンセンの友でもあることを考えると、これ以上彼に肩入れされるのも困る。

今の時点で調子に乗りまくっているヨハンセンである。カイムからの真の友情など手にしたら、それを使って何をするか分からない。そう自分に言い訳しながら、アンジェリカは提案した。

「カイム。私、あなたの妻にはなれませんけど、お友達にはなれるかもしれません」

「やはり国を取り返したいのか？」

ヨハンセンを調子づかせたくない、と考えていたからか。間を置かずそんな質問をされ、アンジェリカは少しだけ答えに迷った。

「……違います。国を乱す原因を作るのはやめてほしいですが、だからといってあなたに、何かをしてほしいわけじゃないの。手加減は、まだしていてほしいですけどね」

茶化すように笑ってから、アンジェリカは空気を読んで肩の上に戻ってきたルージュの頭を優しく撫でた。イーリューはカイムの膝の上に陣取ったままだが、体ごと振り向いてじっと彼の顔を見つめている。

「カイム。あなたの言うとおり、私がプラパータ王家の者だからでしょう。率直すぎて腹が立つことは多々ありますが、あなたなりに譲歩を……多分……しようとしてくれているのは分かっています。少なくとも、ヨハンセンよりは付き合いやすいわ」

向こうもそう思っているでしょうけどね、とルージュを乗せたまま肩を竦めるアンジェリカを、カイムはやけに真剣な眼で見つめている。

「違う。お前も、オレがオレだから、そんなことを言ってくれるのだ」

「……自分の功績だと言いたいの？」

前言撤回、もう少し譲歩を勉強してほしい。白い眼をするアンジェリカとは裏腹に、カイムの瞳は輝きを増している。

「承知した。まずはお友達から、というやつだな」

「ええ。私を足がかりにして、お友達を増やすといいわ。まずはルージュ、イーリュー、どう？」

友達の数を増やせば、相対的にアンジェリカの必要性もヨハンセンとの友情も薄まるだろう。にこやかな提案に、ルージュとイーリューは一瞬顔を見合わせてから、いかにも妥協した様子でうなずいてくれた。

「結局、カイムが来て以来、あの夢は見ず、か……」

夏の色を帯びつつある陽光を浴びながら、アンジェリカはあくびをかみ殺している。

その日はいつもと変わらぬ幕開けだった。悪夢を見ることもなく健やかに目覚めたアンジェリカは、身支度を整えてから中庭に出る。

礼拝堂の前に立って屋根の上を見上げていると、すぐにカイムが現れた。

「あなたはそろそろ、屋根から生えてくるのをやめたら？　またスーラに襲撃されますよ。そこは陽《ひ》も良く当たるし」

実はスーラは、カイムは客であると説明したにもかかわらず、何度か彼に喧嘩《けんか》を売っているのだ。カイムがルージュと友達になったことを知り、嫉妬しているのかもしれない。

この件については、アンジェリカも認める客人となったカイムに、私情で突っかかるスーラのほうが良くないような気がしている。

だが同時に、この際カイムにも、下手をすると外からも見えてしまう位置から出て来るのはやめてほしいとも考えていた。それに蛇は、鷹《たか》もだが陽光も苦手なのではないだろうか。

「暗いところを好んではいるが、たまには光を浴びたくなるのだ。しばらく眠っていたのでな」

毎度のごとく、滑り落ちるような姿勢でアンジェリカの前に降り立ったカイムは出現位置を変える気はないらしい。

「……ふうん」

彼の悪趣味を矯正することはできなかったが、しばらく眠っていた、とは初めて聞く話である。

眠っていたせいで、その気配を感知できなかったのか。それともやはり、この離宮外のどこかで眠っていたのか。

「あっ、こらパルタ、それは食べ物じゃないわよ！」

新しい情報に考え込んでいる間に、付近にいた牛のパルタが近寄ってきて、カイムの黒衣の後ろ側の裾をむしゃむしゃ食《は》んでいた。いくらなんでも失礼だと焦るアンジェリカであったが、カイムは振り向きこそしたものの振り払いはしない。

「主《あるじ》を筆頭に、ここの動物どもは怖《おそ》れを知らんな」

「私の影響を受けていない、とは言えないわね……」

額に手を当て、アンジェリカは苦笑いするしかない。

長い時間を共にすれば、人間同士でなくとも性格が影響し合うことはあるのかもしれない。ルージュなどはアンジェリカの強気さに感化されている部分があるが、パルタは豪胆さを受け継いだと見るべきか。

元々ここの住民だった蛇たちが、自分たちの神に一番遠慮しているらしく、あまり出てこなくなったのが面白い。カイムの怖さをよく知っているからかもしれない、という思いは胸に秘め、アンジェリカは言った。

「単純に、あなたに慣れたと見るべきかもしれないけど……楽しそうね、カイム」

アンジェリカにルージュにイーリューを贅沢《ぜいたく》に侍《はべ》らせ、静かにご機嫌だった先日のカイムを思い出す。アンジェリカにも彼との時間を楽しむ余裕が出てきているが、カイムが楽しげにしていることも増えてきた。

彼ともここで、もっと長い時間を共有すれば、互いに感化されてより深く分かり合えるようになるのだろうか。

しみじみとした視線を送ると、カイムも何か感じるものがあったのかもしれない。端正な唇を開いた。

「お前も食うか」

「要《い》りません。カイム、本当に服を食べられないうちにパルタから離れなさい」

早速感性の違いを突き付けられたアンジェリカは、真顔に戻ってカイムをたしなめた。互いの溝を埋め合うには、まだまだ時間がかかりそうだ。

蛇神であるという最大の謎は分かったものの、聞きたいことは山ほど残っている。残念ながら聞いて教えてくれる相手でもない。

それどころか、アンジェリカの努力や推理を面白がられている節もある。

（単純に、そんな男に頼み事をするのはしゃくに障《さわ》るじゃない……）

そういうところを一番好ましく思われているとも知らず、アンジェリカは凛《りん》と背筋を伸ばした。

「まず、あなたの服以外を食べましょう。今日こそは一本取ってやります！」

「勇ましいな」

張り切って宣言するアンジェリカを見るカイムの表情は、ほとんど動きはないものの、そこはかとなく嬉《うれ》しそうである。……結局思うつぼ、という気がしなくもないが、アンジェリカもそこまで彼に悪感情を抱いているわけではない。

「その高い鼻を、へし折ってやりたいとは思っていますけどね」

どうせ心を読まれるのだ。口に出しても同じだろうと、堂々と言い放った直後、並んで廊下を歩いていたカイムの足がぴたりと止まった。

「ヨハンセン」

「え？」

突然出てきた夫の名前にアンジェリカは眼《め》を見開く。

「ヨハンセンが、どうかしました？」

「……いや」

口ではそう言ったカイムであるが、何かに気を取られたような表情は食事中も、そしてアンジェリカとの手合わせの最中もずっと続いていた。

「オレが何かに気を取られているからといって、なぜ勝てると思った？」

「くっ……！　一から十まで腹の立つ……!!」

今日なら勝てるかもしれない。はかない望みを打ち砕かれたアンジェリカは、武道場の床に膝を突いて歯軋《はぎし》りしていた。

カイムがたまに上の空になっていても、アンジェリカだけが間合いの長い武器を持っていても、実力に差がありすぎる。こちらからは触れられず、カイムに触れられれば一発で転がされてしまう。

きちんと手加減されているので、怪我《けが》には及ばないのがいっそ憎たらしい。

存在の格が違うのだ。このようなモノと日常的に接していた祖先たちが、彼らの力を頼ってしまうのも無理はない、とアンジェリカは改めて実感した。

「さて、これで記念すべき五十回目の勝利というわけだが」

じり、と歩を詰めてきたカイムの顔をアンジェリカはにらみつけたが、彼は面白そうに口の端を上げるだけだ。

「当然、前よりも高度な要求をしてもいいのだろうな」

「う、うう……」

四十回目の勝利の際、特に何の報酬も要求されなかったのは、五十回目の要求を通すためだったのだ。今さら理解したからといって、負けた以上は突っぱねきれないアンジェリカの性格も読まれている。

「オレのほうから触れても、文句は……む、ルージュ」

観念しかけたアンジェリカに伸ばしたカイムの腕を、近くにいたルージュがだだっと駆け上がってきて肩の上に陣取った。

「イーリュー」

アンジェリカの負け回数が四十八回になったところで武道場の掃除という体裁を放り出し、待機していたイーリューがカイムの腰にしがみつく。

「パルタ、だったか。牛も本気を出すと結構速いな」

先程はのたのたとカイムの後ろに寄ってきて服を食んでいたパルタが、仲間と共に勢いよく武道場に駆け込んできて彼の周りを囲んだ。

「なんだこの馬は」

「エッギル、私の愛馬よ。そういえば、あなたとちゃんと顔を合わせたのは初めてだったわね」

牛に交じって突進してきた、葦毛《あしげ》の牝馬《ひんば》もカイムを囲む輪に加わる。馬たちは普段は離宮の裏にある厩舎《きゅうしゃ》におり、放牧もその付近で行っているため彼とは接点がなかったのだ。

毎日手ずから世話をしている、エッギルのなめらかな皮膚を撫《な》でてやりながらアンジェリカはにこやかに言った。

「カイム良かったわね、もてもてじゃない！　席が空いていないので、私は遠慮しておくわ」

動物たちが集まってきたのはアンジェリカが事前に頼んでおいたわけではないため、カイムにも読めなかったようである。彼らと呼吸を合わせ、さっと立ち上がってアンジェリカは後ろに下がった。

「言っておくけど、私の家族たちを無理矢理振り払ったりしたら怒りますからね？」

カイムの次の行動を察知し、アンジェリカは釘《くぎ》を刺す。む、とかすかに眉間にしわを寄せたカイムは周囲に瞳を巡らせた。

主にじりじりと範囲を狭めてきた牛が一帯を埋めているため、確かにアンジェリカの居場所はない。カイム自身も立っているのがやっとなぐらいだ。

「頭が空いている」

「……は？」

きょとんとしたアンジェリカをカイムは手招きした。

「アンジェリカ、こっちに来い。膝枕しろ」

「は？　えっ、え、嫌です！　そんな、破廉恥な……!!」

急に何を言い出すのか。赤くなったアンジェリカに、カイムはさも不思議そうな表情をしてみせた。

いつかアンジェリカにもしたように、その後頭部にしがみついてやろうとしているルージュは、見えない壁に阻まれてじたばたもがいている。

「破廉恥？　おかしなことを言う。口付けをしろ、などと言っているわけではあるまい。膝枕など、親が子にするものだろう」

「あ、ああ……そう……、そう……？」

そう、だっただろうか。亡き父母にそのようなことをしてもらったことは、あったかもしれないし、なかったかもしれない。

曖昧な反応を、蛇の眼が観察している。

「頭がいいほうだと思っていたが、十年もここに閉じ込められているのだものな。世間知らずなのも無理はない」

「ば、馬鹿にしないで！　それぐらい知っています!!」

嘲《あざけ》るを通り越し、仕方がないとでも言いたげな態度にかちんと来たアンジェリカは、パルタたちに頼んで道を空けてもらった。カイムの隣に辿《たど》り着《つ》くと、その肩を掴《つか》み、ほとんど引き倒すような勢いで冷たい床に横倒しにする。

すかさず自分も床に座ったアンジェリカは、銀色の頭を掴んで自分の膝の上に乗せた。どうです？　と言わんばかりの視線で彼を見下ろした直後、指の間をさらりとカイムの髪の感触が流れていった。両親とも兄とも、時々髪を梳《す》いてやるイーリューとも違う感触に戸惑っていると、カイムが端的な感想を述べた。

「乱暴だな」

「も、文句を言わない！」

反射的に言い返しながら、アンジェリカはなんだかそわそわしている自分を自覚していた。膝枕など、親が子にするものだとカイムは言ったが……そう、多分、殺された父母のことを思い出してしまっているのだろう。一瞬浮ついた心が静まり、しょんぼりしてしまったアンジェリカとは対照的に、カイムはなぜか嬉しそうだ。

「いや、この手のことには不慣れと確認できて良かった。フレッドル、なかなか良い情報だ」

王妃様を口説くのに必要なものがあれば、何なりとお申し付けください。先日顔を合わせたフレッドルの発言を受け、彼が帰る前にこっそり声をかけた甲斐《かい》があったというものだと、カイムは満足そうに独りごちた。

「何か言いました？」

「なんでもない」

白々しくごまかしたカイムは、まんまとアンジェリカの膝に銀髪の頭を預けたまま、なおも念押ししてきた。

「一応確認だ。お前はヨハンセンの妻となって十年経《た》つが、あれとの間には夫婦らしい触れ合いは一切ないのだな？」

「……ええ、そうですよ、ありがたいことに」

アンジェリカがここで泣き伏せていたせいもあり、結婚式さえ行われていないのだ。王家は神聖なる儀式を軽く扱いすぎだ、と世界維持教の聖職者たちは大層怒ったそうだが、アンジェリカとしては助かった。

「ヨハンセンが正統なる王家の血筋を絶やそうとしていることは、あなたもよくご存じでしょう？　そもそも彼は、私のようなつまらない置物が嫌いなのですって」

つまらない置物にしたのは向こうだろうに。「そのようだな」と、淡々とうなずくカイムと触れ合う場所から生じるくすぐったさから意識を逸《そ》らすためもあって、アンジェリカは大袈裟《おおげさ》に怒った。

「強く美しく、頭も良く、精神的にも自立している、そんな女性を無理矢理ひざまずかせるのが好きでたまらないらしいわ。最悪の趣味！」

「そこだけは、オレもあいつと趣味が合うようだ」

アンジェリカの眼が冷たくなったのとは無関係に、カイムは言い足した。

「だが……オレは意外と、しっかりしているようでくだらん知ったかぶりもする、流されやすい女も好きなのかもしれない」

「え？　あら、いい趣味……とは言えないけど、対象が広がったのはいいことね！　あなたも、ここにばかり来るのは飽きたでしょう？」

そういう好みに沿うから、とカイムに好かれる相手が気の毒だが、そういう女性はどうせろくでもない男を引き寄せるに決まっている。

負担を分散できるなら歓迎だ、と喜ぶアンジェリカから、またふいとカイムの気が逸《そ》れた。

「ヨハンセン」

「ヨハンセン？」

彼と女性の趣味は合う、という話をしていたところではあるが、どうも様子がおかしい。

「どうしたの？　今日はやけに、あいつのことを気にしますね」

膝枕までさせておいて、この態度だ。素っ気ないふりをすることで気を引く作戦かもしれないが、今のカイムは本気でヨハンセンに注意を向けているように感じられた。

あまりにもつれない態度を取り過ぎて、本気で気持ちがアンジェリカから離れてしまったのか。別の、野心などなさそうな女性のところへ行ってくれるなら問題ないが、すねてヨハンセンの元へ走られてはまずい。

「カイム。手……手ぐらいなら、握ってあげましょうか……?」

「ヨハンセン」

意を決してアンジェリカが申し出ても、カイムはまたしてもその夫の名を呼んだ。

「……そこまで、ヨハンセンがいいの……?」

カイムの求婚を袖にし続けてきた身ではあるが、よりによってヨハンセンに負けたと思うと屈辱である。しかもカイムは、いきなり身を起こしてしまった。

「ここに来る」

「えっ、……っえっ!? ヨハンセンが、ここに来るの!?」

彼を追うように立ち上がったアンジェリカは、思わずカイムの発言を復唱してしまった。

誰かと間違えているのではないかとも疑ったが、今日はフレッドルたちが来る日でもない。カイムが実際、何をどこまでできるかは不明であるが、ヨハンセン来訪を察知したのは本当なのだろう。突然こんな嘘《うそ》をつく必要もない。

しかし、ヨハンセンの来訪を真実とするなら、なぜ急に蛇の離宮を訪れる気になったのか。

十年前、アンジェリカをここに押し込んで以来、本人が顔を出したことはない。季節ごとの舞踏会についても、いかにも嫌々、といった素振りの使いの者が招待状を手に一瞬だけ訪れるのみである。

内情をろくに確認されない状態で放置されているため、アンジェリカも好き放題に過ごしてこれたのだ。

「まさか……カイム。あなたが、いるから……!?」

「そうだろうな」

ヨハンセンは彼のただ一人の友なのである。ここ最近で蛇の離宮に起こった変化といえば、カイムが延々通って来ていることぐらいだ。彼に何か用がある、と考えるのが妥当だろう。ヨハンセンが抜き打ちで訪ねてくる理由など、他には思い当たらない。あったとしても、今アンジェリカがすべきことは決まっている。

「た、大変。カイム、帰って。それに私も着替えないと……! ルージュ、レクシオにも知らせて。イーリュー、着替えるから手伝って!! 他のみんなは、ただちに隠れて!!」

こんな元気はつらつとした姿を見せるわけにはいかない。カイムと一緒にいるところも見せられない。

ヨハンセンが彼の正体を知っているかどうかさえ、いまだ確証がない状態なのだ。

若い男を通わせている事実を作り、引っかけるつもりはカイムの反応を見る限りなさそうだが、彼について相談もしなかったのは事実である。そこを衝《つ》かれると、ずるずると全ての隠し事がばれてしまう可能性があった。

「ヨハンセンのやつ、基本的には無能なんだけど、たまに大当たりを出すから厄介なのよね

「……！」

駆け足で部屋に戻り、慌ただしく着替えながらアンジェリカはぶつぶつ零《こぼ》す。

イーリューもさかんに首を縦に振って同意してくれた。その大当たりで家族を殺された身としては、付け入る隙を与えるわけにはいかないのだ。

「ありがとうイーリュー。みんな、建物の外に出ないでね！　ヨハンセンたちに見付かった場合も無視して、愛想もいらないけど攻撃もなしで!!」

葬式にでも向かうような黒いカフタンを身につけ、長髪のかつらを装着し、杖《つえ》を手にしながらアンジェリカはきびきびと呼びかける。世に知られた置物王妃の姿になって部屋を出た途端、物珍しそうに輝く蒼《あお》い瞳と出会った。

「その大仰な姿も悪くないな。身動きはしづらそうだが」

「カイム、帰ってと言ったでしょう！」

苛立《いらだ》ちを込めて怒鳴り付けても、カイムは意に介さない。

「無駄だ。もうすぐそこまで来ている」

杖の一撃をお見舞いしてやろうかと思ったが、ぎりぎりで自制した。ヨハンセンが来るというのに、これ以上カイムと揉《も》めて事態をこじらせるわけにはいかない。

「……お願いだから、私に調子を合わせて。余計なことを言わないで。離宮のみんなもヨハンセンたちも、誰も、傷付けないで」

祈るように頼んでみたが、「努力する」との言葉が返ってきた。時間もなく、これ以上の譲歩は引き出せそうにない。

やむなく外の門に向かっていく途中、血相を変えたレクシオが近付いてきた。

「アンジェリカ！　おい、このリスをどうにかしてくれ！」

赤い頭の上で、彼を急《せ》かすようにルージュがぐるぐる回転している。手を伸ばして小さな体を引き取りながら、アンジェリカは状況を説明した。

「ごめんなさい、なんと国王陛下がいらっしゃるそうなの。レクシオ、一緒に来てくれる？」

急な訪問とはいえ、王妃一人が出迎えというのは無理がある。イーリューは質問された時に困る。ビートとゼナなら受け答えも可能だが、見た目からして屈強な彼らは警戒させてしまうかもしれない。レクシオも屈強な男ではあるが、ヨハンセンたちも知っている顔なので不審を抱かせないだろうという判断だった。

「も……もちろんだ。おい、だがカイム、お前は」

「いいの。言って聞くような相手じゃないし、ヨハンセンとも知り合いだし。でもレクシオ、カイムの正体については黙っていてね」

「……お、おう」

礼拝堂を探索してからというもの、レクシオはカイムが何者かを露骨に探ろうとはしなくなった。

だが蛇たちの態度などから、彼もある程度は見当が付いているのだろう。アンジェリカの念押しに、緊張した面持ちでうなずいた。

うなずき返したアンジェリカは歩調を緩め、杖を頼った姿勢で歩きだす。離宮の外に出たからだ。

当たり前のようについて来たカイムを連れて巨大な門扉へと近付いて行くと、門の外をにらんでいたビートとゼナがはっとしたように振り返った。

「あなたたちは門を開けたら姿を隠して。ヨハンセンが多少無礼な態度を取っても、見守るだけにしてね。ルージュ、あなたも待機よ」

過保護な猿たちとリスに静観を頼んだアンジェリカの耳に、馬車の音が聞こえ始めた。


五分を待たずして、蛇の離宮の前に馬車が停《と》まった。覗《のぞ》き窓の向こうに立ったのはクーリッツだった。

「クーリッツ……何事ですか」

いつもヨハンセンの側《そば》に彼がいることは承知しているが、クーリッツとまともに会話するのも何年ぶりだろう。苦い感傷を胸に抱きながらアンジェリカが問いかけると、クーリッツは恐縮した様子で口を開いた。

「突然失礼いたします、王妃殿下。国王陛下が」

「おい、アンジェリカ！　私だ、さっさとここを開けろ！」

　クーリッツの横から横柄に怒鳴り付けてきたのは、カイムが言い当てたとおりヨハンセンである。

「……仕方ありません。門を開けて、陛下をお通しして。あなたたちは、すぐに隠れてね」

　再びアンジェリカが言い付けると、門番たちは不安そうにしながらも彼女に従った。

　アンジェリカが動物たちと心を通わせる能力を持つことも、その能力で彼らと楽しく生きていることもヨハンセンは知らない。彼にとってのアンジェリカはいまだ、家族を失い抜け殻と化した置物のままなのだ。

　それが演技だと分かったが最後、ヨハンセンは今度こそアンジェリカに残された全ての幸福を取り上げるだろう。斜め後ろに控えているレクシオを振り返りたい誘惑に耐え、アンジェリカはずかずか踏み入ってきたヨハンセンに向かって殊勝に頭を下げた。

「国王陛下、このようなところにお越しいただき、まことにありがとうございます」

　舞踏会と違って、この場で着飾っているのはヨハンセンだけだ。視線を下げると特に彼が履いているシャルワールの、足首までびっしり入った刺繍《ししゅう》が眼にうるさい。それ以上に、これみよがしに漂わせているチャンダヤの香りが神経に障って仕方がない。

　そんなものをつけても、あなたはお兄様にはなれない。唇からあふれ出しそうな言葉を、いかにも置物らしい、無個性でしおらしい言葉に差し替える。

「できれば事前にご連絡をいただければ、お出迎えの準備を……」

「カイム！」

幸か不幸かヨハンセンのほうは、アンジェリカもレクシオも眼中にない。クーリッツすら放置して、彼が駆け寄ったのはアンジェリカの隣に立っていたカイムだった。

「お前、本当にここにいたのか。どれだけ探しても見付からないと思ったら……！」

「探したのは八年と半年前までだろう」

薄々分かっていたが、カイムは友でありプラパータの現国王であるヨハンセンにも、取り付く島もない態度で対応した。

冷や汗を覚えたが、ヨハンセンにだけ低姿勢に出るカイムも見たくはなかった。むしろ好感度は上がったものの、カイムの発言が気になった。

「八年半前？　では、少なくともその時は、あなたはこの離宮にはいなかったのですよね……？」

八年半の留守は、何を意味しているのだろう。もっと問い詰めたいが、ヨハンセンの眼もある。

仕方なくアンジェリカは、気弱な王妃の演技を続けた。

「あの……陛下。私にも正直、状況がよく分からないのです。この方は半月ほど前に、突然屋根に生え……いえ……訪れて」

「とぼけるなアンジェリカ。貴様がこの蛇を目覚めさせたのだろう！」

うまく誘導すれば、ヨハンセンのほうから情報を引き出せるかもしれない。そう思って自ら話を振ってみたが、なぜか大声で怒鳴り付けられた。

「い、いいえ、滅相もありません……私は、とてもそのようなこと……」

実際にそんな覚えはないので、うつむきながらアンジェリカはごく自然に首を振った。その一方で、ぽろぽろとヨハンセンが零した情報を整理する。

カイムは蛇の離宮ではない、どこか別のところで寝ていた。ヨハンセンもそれを知っていたが、居場所は知らなかった。

そのうちカイムは何かの理由で目覚め、唯一の友であるヨハンセンではなく、アンジェリカの顔を見に来てそのまま通い続けている。ここまでは真実のようだが、肝心な部分が分からない。

もう少しヨハンセンにしゃべらせたい、と考えた矢先だった。

「とぼけるな。今度は貴様がこいつを使って、この国を取り返す気なのだろう!!」

アンジェリカの願いは叶《かな》った。ヨハンセンは決定的な真実を語った。

途端に彼女は、伏せていた顔を跳ね上げた。

「ま、待って」

王妃とはいえ、実際の待遇は虜囚《りょしゅう》に近いのである。気安い態度など許されない、といった体裁が吹っ飛んでしまったアンジェリカは、普段の口調でヨハンセンに問いかけた。

「貴様が、って……まるであなたが、カイムを使ったことがある、ような……」

「そうだ」

ためらいなく答えてくれたのはカイムである。悪びれもせず、面白がっている風でもなく、彼はただうなずいただけだった。

レクシオも言葉を失い、呆然《ぼうぜん》とカイムの青白い顔を見ている。アンジェリカと同じ真実に辿り着いてしまったのだろう。

「なんだアンジェリカ。お前、こいつが家族の仇《かたき》とも知らずに目覚めさせたのか⁉」

ヨハンセンはといえば、にわかに声を弾ませた。

「はは、道理で……気でも触れたのかと思っていたが、お前にそんな豪胆さがあるはずがないものな！」

アンジェリカがカイムの行いを知った上で目覚めさせたわけではない、と分かったヨハンセンはご機嫌である。厳密に言えば目覚めさせた覚えはないのだが、彼にとってはそこはどうでもいいのだろう。

アンジェリカにとっても、もうヨハンセンなどどうでもいい。元からどうでもいいが、国王として、夫として、表向きは丁重に扱わねば、という気遣いさえできる精神状態ではなかった。

「仇……カイムが……？　……では」

これまでの八年半、カイムはどこかで眠っていた。ということは、その前は起きていたのだ。

ヨハンセンが反乱を起こし、アンジェリカ以外の前王家の者たちを殺害し、国盗りに成功したのが十年前。今もヨハンセンの横で顔色を失っている、クーリッツさえ彼に手を貸さなければとも考えていたが、違った。

クーリッツは確かに有能だが、反乱の勝敗を左右したのは別の存在だ。

もっと巨大な力が、ヨハンセンに味方していたのだ。あの日家族と一緒に立てこもっていた謁見の間の扉を、礼拝堂の扉と同じように簡単に開けられる存在が彼の友なのだ。

「カイム……ヨハンセンの反乱が成功したのは、あなたが彼に手を貸したから……？」

「そうだ」

「あ、あなたが、私の家族を殺す手助けをしたの!?」

「そうだ」

次第に声が上ずり、責める調子を増していくアンジェリカの詰問にもカイムは同じ調子でうなずくのみだ。

あまりにもカイムの態度に変化がないので、アンジェリカは一瞬、例の悪夢が形を変えて戻ってきたのかとさえ思った。

生憎《あいにく》と一向に覚める様子がない。ヨハンセンも思わぬアンジェリカの剣幕に固まってしまっている今、彼女自身が話を進めるしかなさそうだった。

「……ど、うして？　あなたは、正統な王家の血筋にこだわっている。なら、どうしてこんな……！」

「正統かどうかは、オレのほうは特に気にしていない。王家の血を引く者は、誰もが懐かしい匂いを発している」

「なら全員、あなたの友の血を引く者たちでしょう！　なぜ私の家族を殺したの、なぜヨハンセンの言うことを聞いたの!!」

対応の差はどこから生まれたのだ。蛇だから、神だから、カイムの心の動きはよく分からないものとして曖昧なままで過ごしてきたが、気まぐれでアンジェリカの家族を殺したとでも言うつもりか。これまでずっと、求婚しに通ってきておいて。

「ど、どうしても何も……私だってプラパータ王家の血を引くのだぞ。神に命じる権利は……ひっ」

おそるおそる話に入ってこようとしたヨハンセンは、アンジェリカの鋭い眼光に刺されて無言でクーリッツの背に隠れた。

アンジェリカもカイムが蛇神、かつヨハンセンの友と聞いた時から、あの反乱と関係があるのではと一度も考えなかったわけではない。

しかし、たまに嘘もつくが、基本的には正直すぎるカイムだ。ここまで好意を示してくる男が、家族の仇だとは思えなかったので、早々にその線は打ち消したのだ。

「オレに呼びかけてきたのが、ヨハンセンだけだったからだ」

血を吐くようなアンジェリカの問いかけを聞いてなお、カイムの声は平板なままだった。

「お前もよく知っているだろう、アンジェリカ。プラパータ王家はかつて神の助力を得てこの国を作った。しかし時代を経るに従って、神の手を必要としなくなった」

「そ、それは……そう、ですが……」

動物の姿をした神々は、今でもプラパータ全体で崇《あが》められてはいるものの、あくまで神話の中の存在としてである。彼らと交わり、神の力を授かったとされる王家の者たちも例外ではない。

それにはわけがある、と思わず弁解しようとしたアンジェリカより先に、カイムは続けた。

「特にオレのような、人間の制御を受け付けない神のことは、祭り上げる形で疎んじるようになった。だからオレは、ずっとここで眠っていた」

「言い方は、悪いですが……そうです」

神は気まぐれで強大。人が言うことを聞かせようとしてはならない。

神々の血を引く王家の者だからこそ、そう戒められて育ってきたのは確かだ。

蛇の離宮には邪神が封印されている。それ自体は噂《うわさ》話だと思っていたが、人間の眼から見れば邪神としか表現できない、人の世を乱す存在も神には含まれている。

建国の手助けをしてくれなかった程度ではなく、様々な理由で積極的に邪魔してきた。そういう悪《あ》しき神もいるのだとアンジェリカは教えられている。

初めは友好的であっても、何かの理由ですれ違いが起こった結果、邪神と見做《みな》される場合もある。そして神はどのような存在であれ、人間風情が対抗できる相手ではない。

国作りを助けてくれた。その恩は決して忘れてはいけないが、過度に頼ってはならない。だから、距離を置いたのは疎んじた結果ではない。アンジェリカとしてはそう言いたいところだが、カイムからすれば大した差はないのだろう。人を好むが人に寄り添おうとしない蛇が、付き合いにくいのは事実だ。

アンジェリカ自身、この離宮に閉じ込められた当初は蛇が苦手だったのである。いきなり屋根から生えてきたカイムに対しても、最初はうさん臭い迷惑な男だとしか感じていなかった。

「そこへヨハンセンがオレを頼ってきたのだ。かつてのお前たちの祖先のように。だから、力を貸してやった」

「そんな……」

——神々の中で蛇だけは、我が国の祖先にも力を貸してくれなかった、邪教の神だという話ですし。いつかの御者が訳知り顔で語った話を、思い出す。

あれはある意味真実で、ある意味偽りだったのだ。プラパータ王家の祖先もカイムにも手を貸してくれ、と頼んだこと自体はあるのだ。どうしても反乱を成功させたかったヨハンセンはそのことを知り、祖先を真似てカイムを頼ったのだろう。

「では、あなたは、恩知らずの王家を恨んで、復讐《ふくしゅう》のために……」

「恨む？　復讐？　なぜそのように、ひねくれた考え方をする」

建国の際は助けてやったのに、もう要らないとばかりに遠ざけられて腹が立った。だからヨハンセンに手を貸した、などというわけではないのだ。カイムはいかにも不思議そうに聞き返してきた。

「そういうことがしたければ、ヨハンセンに頼まれる前に暴れていた。オレはここに封じられていたわけではない。単に寝ていただけだ」

疎んじられたと気付いた時点で、復讐したければできたのだ。やらなかったのは、そういう気にならなかっただけだ。

せっかく用意された場所だしなと、この場に濃い痕跡が残るだけの年月、カイムは自主的に眠り続けていたのである。

「そこへこいつが来て、オレを友と呼び、頼み事をしてきた。そんな真似をする人間とはずいぶん久しぶりに会ったからな。友になってやったのだ」

いきなり視線を寄越され、クーリッツの後ろで飛び上がったヨハンセンは、彼との体格差もあってますます小さく見えた。

器という意味でもだ。なぜこんな男に、という悔しさがアンジェリカの声ににじむ。

「ヨ、ヨハンセンはあなたを利用しているだけです。それが分からないあなたではないでしょう！」

「分かっているが、始祖の子らよ。昔からお前たちはそうだっただろう」

カイムは心が読めるのだ。アンジェリカの祖先、始祖ユリヤの本心にも、もちろん気付いていた。

「動物と心を通わせることができるプラパータ王家の祖先も、オレだけはずっと畏《おそ》れていた。必死ににこにこしてすり寄ってきたが、腹の中ではいつ殺されるかと怯《おび》えていた」

利用する気で近付いてくるなど、今に始まったことではないだろう。そう言わんばかりの態度にアンジェリカは絶句するしかない。

「……それでもお前たちの祖先が、一番ましだった。オレはずっとお前たちの匂いを好んでいる。だからヨハンセンの頼みを聞いてやったが、国を奪ってやってから調子に乗りすぎて気に入らないので、しばらくよそで寝ていた。ふと目覚めて、そういえばヨハンセン以外にも生き残りがいたなと思い出して、顔を見に来たらお前は面白い女だったのだ」

すらすらとよどみなく、なんの悪気もなく。最後にはどことなく照れた調子さえ織り交ぜて、カイムは語った。

ややあってアンジェリカは、まるでカイムのように波のない口調で言った。

「……そう、なの。あなたの中で、何も矛盾はないの……」

ゆっくりと口に出して確認したアンジェリカは、カイムの反論が来ないので続けて尋ねた。

「どこかで会ったような気がするはずね。私たち、十年前にも会っていたのね。その時の記憶も、あなたが消したの？」

「特に何もしていない。十年前はヨハンセンがうるさいので、あいつ以外の前には顔を出していない。お前は王家の中でも血が濃いゆえに、無自覚に神の気配《オレ》を感じ取っていたのだろう」

「そう。ありがとう」

確かに振り返ってみても、カイムの姿を見た覚えはない。父を、母の首を実際に飛ばした力の持ち主の顔は、アンジェリカも本当に見ていなかったのだ。

ならば聞きたいことは終わりだ。

私を寛大に育ててくれた家族に感謝することですね。いつか彼に言った言葉を思い出しながら、うなずいたアンジェリカは杖を放り出し、カイム目掛けて全力で地を蹴った。

「アンジェリカ!?」

唇を噛《か》み締《し》め、聴衆に徹していたレクシオがぎょっと眼を剥《む》く。同じように黙り込んでいたクーリッツが必死でアンジェリカの行く手をふさいだ。

「アンジェリカ様、お気持ちは分かりますが、どうぞ落ち着いてください……!!」

「うるさい！　退《ど》きなさいクーリッツ！」

金切り声を上げたアンジェリカは、クーリッツともみ合いを始めた。歴戦の名将相手に一歩も引かない彼女の勇姿を、ヨハンセンはあんぐりと口を開けて見つめている。

「うわっ、わっ、な、どうして、お前、足が治って……!?」

そんな設定を守っていられる状態ではないのだ。クーリッツについても今さら裏切ったどうだ、という恨みはない。

だが、彼の向こうに浮かんだ、白すぎる美貌を持つ蛇神には、この激情をぶつけずにいられるものか。

「邪魔を、するなッ……!」

怒りに任せてアンジェリカが吠《ほ》えた。彼女の嘆きに呼応するように、ばち、と空気が爆《は》ぜる音がした。飛び散った火花にクーリッツが思わず手を放す。

瞬間、それまで棒立ちに近かったカイムの瞳が真紅に染まった。

「よせ」

「ぐっ……!」

一声うめいたアンジェリカが、ぎりぎりと歯噛みしながらその場に膝を突く。肩を震わせ、攻撃こそ止めたが、黒い瞳だけはカイムをにらみつけて動かない。

「な、なな、なんだ、これは」

途中から完全に話題の中心から弾《はじ》き出《だ》されていたヨハンセンが、その分を取り戻そうとばかりに大声でアンジェリカを糾弾し始めた。

「アンジェリカ……貴様、しおらしいふりをして私をだましていたのだな!? なんという女だ、なんという……!」

芝居がかったしぐさでヨハンセンが大きく手を振り回す。そのたびにチャンダヤの香りをまき散らしながら、彼はクーリッツにこう言い付けた。

「今まで情けをかけてやっていたのに！　もう勘弁ならん。クーリッツ、この場で王妃を処刑せよ!!」

「はっ……!?」

冷酷な命令に、クーリッツは顔面蒼白《そうはく》になってヨハンセンに取りすがった。

「そ、そのようなこと。お考え直しください陛下！　まだ御子がいらっしゃるわけでもありませんのに……！」

「うるさい、私の治世はすでに十年も続いているのだぞ。前王家時代の置物など、最早《もはや》不要！　私の妃《きさき》になりたい女は列を成しているのだぞ!!」

国盗り成功当初は民の不満を抑えるためにも、アンジェリカを妃に据える必要があった。十年が経過した現在、その価値は大幅に下落している。

使い勝手のいい置物だからこそ生かしておいてやったのだ。それが生意気な態度を取る上に、あのカイムと通じている。

始末すべきだ、と叫ぶヨハンセンをカイムが威圧した。

「やめろ。アンジェリカはオレの妻になるのだ。手出しは許さん」

「はぁ!?」

深刻な雰囲気から一転、ヨハンセンはおかしな形に顔を歪《ゆが》めた。

「妻ぁ？　何を言っているんだカイム。これは一応、私の妻だぞ……？」

間の抜けたことに、ここまで話が進んでも、ヨハンセンはカイムがここに通って来ていた理由さえ知らないようである。

アンジェリカはつい笑ってしまった。笑うしかなかった。

こんな男どもにアンジェリカは家族を奪われ、何年も泣き暮らし、今でもこの離宮から自由に出られないのだ。

家族の仇に情を移し、あなたと会うのが楽しくなってきた、などと口走ってしまったのだ。人の情など理解しない、蛇神相手に。

ぐちゃぐちゃにかき乱されたアンジェリカの胸中にやっと気付いたのだろうか。カイムが素っ気なく命じた。

「邪魔だ、ヨハンセン。もう帰れ」

突然すぎる命令に、ヨハンセンは泡でも吹きそうな形相でカイムに食ってかかった。

「かか、帰れだと？　ふざけるな、私がこの国の王なのだ！　いくら神とて」

「帰れ！」

クーリッツが今度はヨハンセンを止めようとする暇もなく、カイムが重ねて叫んだ。その声に呼応して、今にも飛びかかりそうな形相をしているビートたちが開けたわけでもないのに、離宮の門が激しい音を立てて開いた。

そしてヨハンセンたちの周りに、そこかしこから黒蛇の大群が集まってきて威嚇《いかく》音を立て始めた。

「ぎゃあああああ!!」

「おっ、わっ、へ、陛下、帰りましょう！　カイム様のおっしゃるとおりにいたしましょう……!!」

ヨハンセンもクーリッツも特段蛇が苦手というわけではないはずだが、彼らは最初からカイムの正体を知っている。蛇神にこの量の蛇をけしかけられれば、その能力を理解しているゆえに恐怖せずにはいられない。

クーリッツは律儀に主を庇《かば》いながら、門の外へと駆け戻った。

「えっ、なんですか突然……」

「うるさい、出せ、とにかく馬車を出せ！」

しばらく休めると気を抜いていた御者が、突然の事態に慌てふためいている。彼を怒鳴り付けながらヨハンセンたちは馬車に乗り込み、王宮へと逃げ去っていった。

ヨハンセンたちが出て行くと同時に、門は先程よりは控えめな音を立てて閉ざされた。蛇たちもどこかに吸い込まれるように、しずしずと立ち去った。

時を同じくして、アンジェリカを愚かな行為に走らせた激情も去った。

蛇たちと入れ替わりに、そろそろと集まってきた動物たちやレクシオの視線を感じながら、彼女はカイムに向き直った。

「あなたがどういうつもりかは、よく分かりました」

カイムに悪意だけはない。意図がないから、反省もしない。

元から全てを分かり合えるとは思っていない。種族の差が大きいことはもちろん、同種であっても感性が完全に同じ存在などいない。

それでも、少なくともこれまでは、まだヨハンセンよりはカイムのほうが分かる……というより、好感を持っていた。

「今まで楽しかったわ、カイム。それは事実です。でも、もう二度と私の前に顔を見せないで」

それにしたって限度がある。傷付ける意図さえなく、アンジェリカの聖域を踏み荒らした相手と、これ以上一緒にはいられない。

「？　何をそんなに怒っている、アンジェリカ。確かにオレはお前の家族を殺したが、お前のことは助けてやっただろう」

カイムは妙にアンジェリカを買い被《かぶ》ってくれているようだが、アンジェリカこそがカイムを高く見積もりすぎていたのかもしれない。人の心が読めるはずであるのに、彼は平気でそんなことを口走った。

「……っ、ヨ、ヨハンセンに頼まれて、あの男の形だけの王妃とするためでしょう！」

「そうだが」

つい感情的になってしまったアンジェリカが声を上ずらせても、カイムの態度は変化しない。すさまじい徒労感を覚えながらも、一応聞いてみた。

「ねえ、カイム。自分で認めたように、あなたは私の父を、母を、……兄を殺したのですよ。そんな相手を、残された私が嫌うとは思わないの……？　嫌われたくないから、今まで黙っていたのではないの……？」

アンジェリカのことは気に入っているため、拒まれないように過去の話をしなかった。

それはそれで腹が立っただろうが、まだ筋は分かりやすかった。

「……ふむ。そういえば人間は、家族にやたらとこだわりがあったな」

しかしカイムは、奇妙な風習にたった今気付いた、というような反応しかしてくれない。蛇は基本的に子育てというものをせず、卵の殻を破った瞬間から独り立ちする生き物だということを、アンジェリカは思い出していた。

「だが、もう十年も前の話だぞ。復讐を考えていないわけではないようだが、お前はもうとっくに諦めているではないか。そもそも、お前たちがオレを嫌がって、こんなところで眠らせておいたのだろうが」

悪いのはそっちだろう、と言いたげな反論まで追加された。

「――そうですね」

乾いた風がアンジェリカの胸を吹き抜けていく。カイムの理論にも、確かにうなずける部分はあると認めながらも、その声は冷え切っていた。

「認めます。私たちにも、悪いところはあった。話は終わりです、カイム。もう二度と会いに来ないで」

言いたいことはごもっともだが、感情を納得させるには至らない。

これまでアンジェリカが彼を歓待、とまではいかないにせよ、来るたびまめに相手をしていたのは恐怖だけが理由ではない。アンジェリカも彼に、情を覚えていたためだ。

その情を上回る不快感を覚えてしまった以上、同じように接することはできない。

アンジェリカの本気は、ようやく届いたようである。カイムの眼が少し真剣な光を宿した。

「いいのか？　復讐を考えていないわけではないのだろう。お前が望むなら、この国を取り返してやるぞ。そのための用意も、ここにはあるだろう」

「なッ!?」

先に驚きの声を上げたのはレクシオだった。狼狽《ろうばい》が露《あら》わな彼の表情を見やったアンジェリカは、言いかけた言葉を飲み下す。

「……さすがですね、カイム。それも読んでいたの」

「読む必要もない。オレがいぬ間に、ここを妙な具合に改築しているのはそのためだろう」

「ええ、そうね。認めます。ヨハンセンの眼を潜《くぐ》り、フレッドルの力も借りて、この離宮にいつか兵を挙げるための準備をしていたと」

そこまで見通されているのならば仕方がない。臆せずアンジェリカは認めた。

使用人を解雇し、兵士のように質素な暮らしをすることで王宮から支給される生活費を切り詰め、浮いた金でアンジェリカはヨハンセンに内緒でこっそり離宮の改築を行ってきた。特に大きな改築をしたのは武道場である。

あそこに置かれている武器類が、訓練用としても多すぎること。一部は刃を潰すなどの処置もされてない実用品だということに、聡《さと》いカイムは気付いていたのだろう。武道場以外の部分も、全体的に砦《とりで》か何かのように補強され、戦いに備えた作りに変えられていることにも。

理由はカイムでなくとも分かる。ここにいるのは彼と彼の友の手で家族を殺され、幽閉同然の暮らしを強制されている置物王妃なのだ。

排除された王家の末裔《まつえい》が見る夢は、国を取り返す復讐劇と決まっている。

「でも、私が嘆いている間に、民はヨハンセンを受け入れてしまった。今さらここで反乱など起こしても、誰も喜ばない。お父様とお母様とお兄様が愛した国土を無意味に傷付けるだけ。……何かしているつもりに、なりたかっただけ」

カフタンの重さに引きずられるように、アンジェリカは瞳を伏せた。

夢を見ていた時期は確かにあった。兵士のように毎日武芸に励み、腕を磨いていたのもその一環だ。

だが、玉座を取り戻すためには、アンジェリカはもっと早く立ち上がらねばならなかった。

はっきり言って今も昔もヨハンセンは好かれてはいない。しかし、彼が反乱を起こすまで平和を謳歌《おうか》していたプラパータの民は、良くも悪くも上からの決め事に文句を言わない性質である。

「今も昔も、この国の民は事なかれ主義だからな」

「……穏やかでもめ事を嫌う、優しい者たちなのですよ」

やんわりとカイムの発言を言い換えるアンジェリカであるが、彼の発言そのものが間違っているわけではない。

あなたがそこまで王になりたいのなら、どうぞご自由に。前王家に不満があったわけではないが、頭がすげ変わる以外の問題が私たちの身に起こらなければ、決まってしまったことにとやかく言いません。

国民たちの声ならぬ声は、この十年の間ヨハンセンの治世が、大きなもめ事もなく続いていることによく表れている。

「別に我が友の功績ではない。歴代の王家が守ってきた、国の基礎部分がしっかりしているからだ」

「……そうですね」

カイムも理解している。反乱の成功は自分の助力のおかげであり、それ以降も大きな失敗がないのはヨハンセンの手柄ではない。

話が早くて助かる。力なくアンジェリカは相槌《あいづち》を打った。

プラパータという枠組みが強固だからだ。国王さえもたやすく権力を振り回せないよう、組み上げられた国自体がそう簡単には崩れないようにできているのだ。

そのためヨハンセンもアンジェリカを切り捨てず、いったん彼女を王妃とする道を選択した。国王とて一度妃を選んでしまえば、そう易々《やすやす》と離婚できないと知った上でだ。

その程度の知恵が巡る者なら、誰が王になっても二代ぐらいは保《も》つとアンジェリカも踏んでいる。

三代目で訪れるかもしれない危機を回避するため、現在の王家が目先の利益に振り回されてはならない。その一心で玉座はヨハンセンに預け、置物の座に甘んじてきたつもりだった。

そこもカイムは分かってくれるかもしれないが、共感してくれるとは限らないと身をもって知ったばかりだ。

「あなたは心が読めるからと、言葉による意思疎通を怠った私にも責任があります。でも、もう十分お互いに分かったと思います。あなたと私は相容《あいい》れない」

今度はアンジェリカとカイムが組んで、正統なるプラパータ王家を復活させる。かつてのように神の血を王家に取り込み、神出鬼没にして心を読む蛇神の力を子孫に残す。

その筋書きに魅力を感じないわけではないが、結局のところ全ては遅すぎたのだ。

「祖先のように、あなたを利用するつもりはありません。だからすり寄る気もありません。とはいえ、ここは元々あなたの寝床。出て行けとおっしゃるなら出て行きます、蛇神カイムよ」

彼が出て行くのでも、自分たちが出て行くのでもいい。結果は同じだ。

もう二度と会わないという結果さえ同じなら、どちらでも構わない。

気が付けば兄弟のような親愛を覚え始めていたカイムと、もう二度と。

「……ッ！　もう……!!」

毅然《きぜん》と頭を下げて終わるつもりが、堪《こら》えきれなかった。目尻を熱く焼いた涙を、アンジェリカは皮膚ごと剥ぎ取るような思いで拭い去った。

そんなアンジェリカが右腕に巻いてくれた布を、カイムは青白い指先でそっと撫《な》でた。

「お前は祖先のようにふりではなく、本当に蛇を、オレを、愛してくれているのだと思っていたのに」

はっと眼を見開いたアンジェリカが顔を上げると、カイムの姿は何処《どこ》へともなく消えていた。

「アンジェリカ……」

黙ったまま閉ざされた門に背を向けるアンジェリカに、レクシオが呼びかけてきた。様々な感情を帯びたその声にも、アンジェリカは立ち止まらない。

「ごめんなさい、部屋に戻るわ。もう眠るから、今日は一人にして」

拾い上げた杖を手に、離宮へ入ろうとするアンジェリカに、ゼナとビートが顔を見合わせながら黙って頭を下げた。

「ルージュ、イーリュー……ごめんなさい。一人にして。もしもスーラが来たら、そう伝えておいてね」

自室へ戻る道すがら、心配そうに顔を覗かせる動物たちの気遣いにも断りを入れ、アンジェリカは歩く。

やがて部屋の前で立ち止まった彼女は、付近に漂うざわざわした気配に向かってまとめて声をかけた。

「蛇たち。あなたたちの神がしたことを、あなたたち全体の過ちとする気はありません。でも、やっぱり、今夜は無理だわ。離れていて」

潮が引くように全ての気配が遠ざかる。それを確認してアンジェリカは無人の部屋に入り、引きちぎるようにカフタンを脱ぎ捨て、杖と外したかつらとコルセットを壁に投げつけて寝台に身を投げた。

闇《やみ》の中、数時間も経たずに起き上がったアンジェリカは眼の下にくまを浮かべた、険悪な形相で毒づいた。

「……最悪」

あの悪夢が、また戻ってきてしまったのである。

翌朝、いつもの時間になっても、扉の外の気配は叩扉《こうひ》さえせず佇《たたず》んでいた。

「おはよう、イーリュー」

アンジェリカが自ら扉を開き、微笑《ほほえ》みかけても、忠実な侍女は気遣わしげな眼で見上げてくるだけだ。

「もう大丈夫よ。悪いけど、部屋の片付けを手伝ってくれる？　昨日、あれこれ放り出して寝てしまったから」

肌着姿でおどけたように笑ったアンジェリカは、まだ動こうとしないイーリューの意図を汲《く》んだ。

「……うん、そうね。あまり眠れてはいないわ」

眠っては起き、起きては眠りを繰り返している間に目覚めの時刻となった。無意味に転がっていても仕方がないと寝台から出たものの、疲れが取れていないのは事実だ。精神的にも、肉体的にも。

「だからこそ、少し運動でもしないと、今夜も眠れそうにないもの。ね、だから手伝って、イーリュー」

重ねて頼むと、イーリューも他の手段が思い付かなかったのだろう。仕方ありませんね、という調子で近付いてきた。

アンジェリカが手渡された衣服を着ている間、イーリューは今朝方クローゼットにかけるだけかけていたカフタンを調べている。

いくつか金具が飛んでしまっているようだ。裾にかぎ裂きもできており、仕立屋に頼むか、いっそ新しく作り直す必要があるかもしれない。

「もう、これを着る機会も巡ってこないかもしれないけれど……」

カイムがヨハンセンを止めてくれはしたが、アンジェリカはそのカイムを拒否したのだ。季節ごとの舞踏会どころか、葬式に参列してもらう立場になりかねない。

ため息をつきながら、髪型が崩れてしまったかつらを手に取ったところで、ごく軽い叩扉の音がした。

「ルージュ、おはよう」

イーリューが開けてくれた扉の向こう、そろりと姿を見せたルージュは、アンジェリカの顔を見るなり腕を駆け上ってきた。そしていっぱいにふくらませていた頬袋から、木の実を一つ出してアンジェリカに渡してくれた。

「くれるの？　ありがとう」

小さな手から木の実と優しさを受け取り、微笑むとルージュはもう一つ取り出して渡してくれた。

「ありがとう」

さらにもう一つ。もう一つ。

頬袋の中身をすっかりくれたルージュが、お代わりを取りに行く気配を察したアンジェリカは慌てて止めた。

「あ、ありがとう、ルージュ、もう十分よ。これ以上もらったら、あなたの冬の蓄えがなくなってしまうでしょう？」

ただでさえ、蓄えをしまった場所を忘れてしまうリスなのだ。もう十分だと言い聞かせたアンジェリカは、肩の上に留《とど》まったものの、何か言いたげなルージュに今日の予定を話す。

「もう夏って感じね。かつらを直してしまってから、レクシオの手伝いをしましょうか。明日はフレッドルが来る日だし、足りないものがないか確認しておきましょう」

ルージュがくれた木の実を小瓶に移し替えてから、アンジェリカは長髪のかつらの崩れを丁寧に直していく。

「大丈夫。二度と来ないでしょう。ヨハンセンも……カイムも」

カイムの最後の言葉を思い出しながら、アンジェリカは自分に言い聞かせるようにつぶやいた。

先程は葬式について考えていたが、カイムの自分への想いは本物だろう。

はね付けられた腹いせをしたければ、昨日の時点で彼が自分でやった。その程度には、カイムのことを理解しているつもりだ。

「ヨハンセンは小物だから復讐を考えるかもしれないけど、小物だからカイムの怒りを買うような真似はしないでしょう。これまでどおり、むしろこれまで以上に、放置されるだけよ。だからみんな、安心して」

うっすらと気配を感じる蛇たちにも聞こえるように言うと、アンジェリカは朝食をいただくために立ち上がった。肩の上のルージュは自動的に、イーリューも給仕をするためついて来る。

――お前も、オレがオレだから、そんなことを言ってくれるのだ。

耳の奥に残っている、カイムの声もついて来る。

――お前は……王家の人間としても、蛇に理解を示しすぎる。

「私だって、蛇は今でも、そんなに好きではないですよ。何を考えているかよく分からなくて、怖いし……」

緩やかにまとわりつくような気配を発している蛇たちに聞こえないよう、アンジェリカは口の中で独りごちた。

むしろ十分、嫌悪を抱くべき理由は揃《そろ》ったはずだった。

だが昨日、カイムが仇と知った瞬間の激情は、アンジェリカを置き去りにしてどこかに行ってしまっていた。兄に強い子だと抱き締められた、あの時のように。薄情なのか多情なのか、自分で自分が分からない。

お前がお前だから気に入っている、と断言してくれたカイムの声がまだ耳の奥で鳴っている。無駄とは知りながら、その怪我に血止めの布を巻いてくれるような誰かは、彼にはきっといなかったのだろう。カイムのおそらくは初めての友、プラパータ王家の始祖ユリヤでさえも。

だが青白い肌の、ひんやりとした残滓《ざんし》も、一度中庭に出れば陽光に焼かれて消えていった。二度と戻ってこない、父と母と兄のように。

「おはよう、アンジェリカ」

何食わぬ顔をすると決めていたのだろう。レクシオが昨日までと変わらない調子で声をかけてくれる。

「おはよう、レクシオ。今日もいい天気ね！　食事が終わったら、草むしりを手伝うわ」

アンジェリカもまた、昨日までと同じように笑顔で挨拶を返した。

置物王妃の日常に戻ってきた。それだけの話なのだ。


次の日、フレッドルが荷物を運んできた。

「おはようございます」

「おはよう、フレッドル」

何食わぬ顔のアンジェリカに出迎えられ、フレッドルが門を潜って現れた。図々《ずうずう》しい一歩手前のなれなれしさが身上の彼が、いつもより離れた距離で立ち止まった。

「どうかした？」

「なーに、王妃様にあまりべたべたすると、あの妙に偉そうな銀髪兄さんに怒られやしないかと思いましてね」

フレッドルとしては単純に前回訪ねてきた時の印象が強く、カイムを警戒せずにはいられなかっただけなのだろう。他意はなさそうだった。

だが、その言葉にアンジェリカだけではなく、後ろについてきていたレクシオも一瞬固まった。

「――そもそも私は、形だけでも王妃なのよ。べたべたしていい対象ではないことぐらい、あなたなら分かっているでしょう？」

「はは、そうですね、俺はそこそこ賢いんで。急に出てくるやつは、急にいなくなるもんですよねぇ」

自主的にカイムのことを深く知るまい、としていたフレッドルである。話を振ってもアンジェリカの反応が鈍いと察するや、さっさと自己解決してくれた。

よろしい、とうなずいたアンジェリカの指示で、動物たちが運び込まれた荷物を離宮内の各所に運び込む。のんびり寄ってきたパルタの背に穀物入りの袋を乗せたアンジェリカは、文字どおりの牛歩に付き合って厨房《ちゅうぼう》のほうへと歩き出した。

その隙にレクシオは、すばやくフレッドルに歩み寄る。

「フレッドル」

「はいはい、なんです？　あんたの荷物は、いつものように持って来てますが……その顔だと、だいぶ風向きが変わったようですねぇ」

驚くこともなく、フレッドルは愛想良い表情のままレクシオの心境を読み取った。

「そうだな。変わったというか、追い風にはなったかもな」

皮肉っぽい表現をしたレクシオとフレッドルは、その後もしばらく、門の陰でこそこそと話し合っていた。

第四章　目覚めた神

　さらに十日が経《た》ち、調子の良い闇《やみ》商人フレッドルが、取引のため蛇の離宮を訪れた。

　門番たちの鋭い視線に腰を低くしながら頼まれ物の日用品などを運び込み、対価を得て飄々《ひょうひょう》と去っていく。代わり映えのしない日々が変化したのは、その日の夜のことだった。

「……これはどういうことかしら？」

　自室にてそろそろ眠ろうとしていたアンジェリカは、レクシオに呼ばれて扉を開けた。

　ところが廊下で待っていたのは、レクシオと彼に伴われたフレッドルだったのである。

「何か忘れ物……というわけではなさそうね。どうぞ」

　フレッドルはいつも、荷物を置いたらすぐに帰る。雑談ぐらいはするが、荷下ろしの間が基本だ。

　今日も次の注文を聞き終えた後、とっくの昔に帰ったはずだったのだが。

「お邪魔します～。へー、ここが王妃様の部屋……あっ、おい、にらむなって」

　愛想笑いを振りまきながら入室してきたフレッドルが、音もなく足元に近寄ってきた蛇に気付いて軽く飛び上がった。その横でレクシオは、うるさそうに蛇を蹴飛ばすしぐさをした。

「邪魔だ」

「レクシオ、乱暴はやめて。蛇たち、悪いけどいったん退いてちょうだい」

以前から蛇との相性が悪かったレクシオだ。カイムの件もあり、邪険にしたくなるのも分かるが……と思いながらアンジェリカが仲裁すると、双方渋々引いてくれた。

レクシオたちは手近な椅子に腰を下ろし、蛇たちは物陰に隠れたところで、アンジェリカは腕組みして急な客人を見回す。イーリューは今夜は主《あるじ》を夜着に着替えさせてから自室に戻っており、ルージュはアンジェリカの枕の上でぐっすり眠っていて起きる様子はない。

「で？　レクシオ。一体何をしに来たか、説明してくれる？」

改まって水を向けられたレクシオは、焦《じ》らすことなく切り出した。

「アンジェリカ。俺はお前にプラパータを取り返してやりたい。そのためにクーリッツ将軍と共に反乱を企てている。フレッドルは、その仲介役だ」

「ども～」

へらりと笑って、フレッドルは鈍い金色の頭を下げる。アンジェリカはわずかな間を置いてから言い返した。

「……反乱の準備なら、私とも一緒にしたでしょう。でも、無意味だと考え直して何年も前に諦めた。この間カイムにも、そう言ったじゃない」

自らの愚かさを、あえてアンジェリカはもう一度口に出した。

「私が泣いている間にもう反乱の時期は過ぎてしまった。最初は混乱もあったけど、すでに国内は安定しています。ここでまた反乱を起こしては、せっかく戦の傷跡が癒《い》えた民を苦しめるだけ」

「……それは分かっている。辛いことを言わせて悪かったとも思っている」

だが、とレクシオは続けた。

「俺は諦めた覚えはねえ。……優しいお前が恩知らずの国民たちのことを考え、波風を立てないことを選択しても、俺は諦めてなかったんだよ。だからヨハンセンに手を貸したことを後悔している将軍に、話を持ちかけたんだ」

カイムに見抜かれたように、蛇の離宮にはプラパータの王権を取り返すための準備が蓄積されている。最初にそれを始めたのはアンジェリカだったが、これまたカイムに話したように、彼女は途中で諦めた。

しかし、レクシオは諦めていなかったのだ。幼馴染《おさななじ》みとはいえ、庭師の息子の命を諦めないでくれた恩人の夢を、まだ手放していないのだと彼は熱弁を振るい始めた。

「アンジェリカ。お前には黙っていたが、準備はずっと進めている。お前が知っている以上に、この離宮を砦《とりで》として反乱を起こす手筈《てはず》は整いつつある。そのためにこいつと組んで、必要な物品を運び入れ続けていたんだ」

「いいお客さんなんですよ、レクシオの旦那は」

　金払いがきれいで、とへらへらするフレッドルをじろりとにらんで黙らせ、アンジェリカは額に手を当てた。

「……カイムに反乱の用意がある、と言われた時、やけに驚いていたのはそのせいなのね。でも、レクシオ……私はあなたに、そんなことをしてほしいわけでは」

「お前に救われた命だ。お前の国を取り戻すために使いたい」

　憂いをにじませたアンジェリカの言葉を遮り、レクシオはいきなりその手を取った。十年前のアンジェリカのように。


　十年前、謁見の間にて家族を殺され、アンジェリカ自身も足を斬りつけられた直後の話だ。血に酔ったヨハンセンはそれでも飽き足らず、アンジェリカと仲の良かった庭師の息子、レクシオを連れてきて殺そうとした。

「やめて！」

　レクシオもまた直前に父を殺されており、国王一家の死体が散乱する謁見の間に転がされて震えるばかり。だが家族を殺され、斬られた足を引きずっているアンジェリカは、床を這《は》うように進んでヨハンセンに平伏した。

「やめて……お願いです、レクシオまで殺さないで……！」

「ア、アンジェリカ、だめだ！　俺なんて庇《かば》うことはない!!」

幼馴染みのように育ってはきたが、レクシオも立場の差は分かっている。逆ならまだしも、王女である彼女が己ごときの命乞いなどあり得ない。

レクシオは勇気を奮い起こし、ヨハンセンに殴りかかろうとした。呆気《あっけ》なく返り討ちに遭うことは読んでいた。だがそれも含めて、庭師であれ王家に仕える者の息子として、相応《ふさわ》しい道だと決意したのだ。

しかし実際に殴りかかる寸前、彼の手をアンジェリカが掴《つか》んで止めた。

「だめ」

心身共にすり切れ、足まで斬られた少女の力だ。力で振り払うことは可能だったかもしれないが、何度この場面を思い返しても、レクシオは魅入られたようにアンジェリカを見つめるだけだった。黒い瞳に青い火花を散らしながら、歯を食い縛って痛みと悲しみに耐えている、独りぼっちになったばかりの王女を。

「だめ、レクシオ。私が嫌。絶対に、嫌」

懇願と悲鳴が混じったような声音で言ったアンジェリカは、血溜《ちだ》まりを引きずりながらよたよたとレクシオから離れ、改めてヨハンセンに頭を下げた。

「ヨハンセン、陛下。レクシオを殺すなら、私も死にます」

陛下。自尊心をくすぐる尊称と殊勝な態度が、ヨハンセンの心を和らげたのだろう。打算が勝っただけかもしれないが、いずれにせよヨハンセンは彼女が出した条件を受け入れた。

「……ふん、いいだろう。庭師の息子がそれほど愛《いと》しいなら、こいつだけは生かしておいてやろう。その代わり、忘れるな。貴様とこいつは一蓮托生《いちれんたくしょう》。レクシオが私に逆らえば、二人揃《そろ》って全ての手足を落としてやるぞ！」

寛大ぶるヨハンセンに向かって、レクシオも黙って頭を下げた。

本心では本物の命の恩人に向かって、頭を下げていた。


「どこかの王様と違って、不要に恩着せがましくされたことはないけどな。あれ以来ずっと、俺はお前に恩義を感じている。だから俺だけは、お前の本当の願いを捨てなかった」

形としては美しいがよく鍛えられて厚みがある、アンジェリカの手をレクシオはより強く握って続けた。

「だから……この反乱が成功したら、結婚してほしい」

恩義以外の理由も大きい。今レクシオがアンジェリカに向ける眼《め》には、情熱と思慕があふれていた。

「もちろん、国王になりたいわけじゃねえ。俺にそんな器はねえ。お前が女王、俺は形だけの王配でいいんだ。権力も財力も必要ない」

ただ、お前の夫の座が欲しい。

万感の思いを込めてつぶやいたレクシオが、アンジェリカを抱き寄せる。彼の燃えるような赤毛と短く切った黒髪が入り交じる寸前、アンジェリカは唇を噛《か》んで首を振った。

「……レクシオ、ごめんなさい。その話は飲めないわ」

「そう簡単に飲めないのは分かっている。お前が俺を、兄弟のように大切に思ってくれていることも……兄弟のようにしか、思えないことも知っている」

アンジェリカにとってのレクシオは大切な男には違いないが、あくまで幼馴染みや兄弟という分類なのだ。フレッドル付きとはいえ、こんな時間に彼を部屋に入れられるのもそのせいである。

「でもな、アンジェリカ。あの蛇野郎はお前の家族の仇《かたき》である上に、そのことをなんとも思っていない、理解不能の冷血漢だ」

アンジェリカが自分に抱いている想いは恋情ではない。それはレクシオも理解しているのだろうが、カイムという明確な恋敵が出現したのだ。手をこまねいているわけにはいかない、という焦りもレクシオの背を押しているようだ。

「……そうですね。カイムはそういう神です」

瞬《まばた》きをしない、つるりと蒼《あお》い眼を思い出すと、アンジェリカの胸には複雑な痛みが走った。

「クーリッツが今度は私たちの味方とのことですが、ヨハンセンにはまだ一応カイムが付いている。彼がどう動くかは、あなたの言うように理解も予測も不能。余計な刺激を与えるわけにはいきません」

フレッドルの反応をも観察しながら、諦めるよう誘導するが、フレッドルには大して驚いた様子がない。レクシオからカイムについて聞いているか、自分である程度推察していたのだろう。

しかし続いてレクシオが取り出した切り札には、フレッドルは珍しく飛び上がるような反応を示した。

「安心しろ。実は俺たちもあいつが来る前から、別の神を呼び覚ます儀式を行っている」

「はぁ!?」

すっとんきょうな声を出したフレッドルは、焦った口調でレクシオに噛み付いた。

「あんた、そんなことまでやってたのか!?　俺はなんにも聞いてないですけど!?」

「さすがに事がでかすぎて、お前に話したことはなかったけどな。そっちの準備はほとんど、クーリッツ将軍がやってくれていたし。実はお前に頼んだ荷物の中にも、その神を目覚めさせる儀式に必要なものが、いくつか含まれていたんだぜ?」

いつも飄々としているフレッドルの度肝を抜かせられたのが嬉《うれ》しいのだろう。得意げなレクシオが語った言葉があるべきところに収まって、真実を組み上げていくのをアンジェリカは感じていた。

「礼拝堂の内部に詳しそうだったのも……儀式の参考にするため？」

「……まあな。役に立つものがないかと思って、剪定《せんてい》のついでに時々覗《のぞ》いてはいた。中に入ることはできなかったんで、あんまり意味がなかったけどな」

カイムが来る前から、ここに邪神が封じられているとの噂《うわさ》はあったのだ。クーリッツから神の知識を得ているレクシオが、内部について知ろうとするのは当たり前だろう。

気まずそうに認めたレクシオは、アンジェリカのためとはいえ隠し事をしていた罪悪感を覚えているようだ。アンジェリカのほうも、この場にいない相手への罪の意識を噛み締めずにはいられなかった。

「……そう、か。あの夢は、別の神の、仕業……」

昨晩もアンジェリカの全身を締め付け、苦しめていたあの夢。

あれはカイムではなく、レクシオたちが目覚めさせようとしていた、別の神の影響だったのだ。

ヨハンセンに近いクーリッツはカイムの居場所は知らなかったようだが、その存在自体はおそらく知っていた。知っていたから、逆方向から反乱を起こすに伴い、カイムに匹敵する存在の助けを借りることを思い付いたのだろう。

そうだとすれば、カイムの訪問と同時に悪夢を見なくなったことにも納得がいく。

「あなたのせいじゃなかったのね、カイム……それどころか、私はあなたのおかげで眠れるように……」

カイムの存在を感知したので、別の神とやらがなりを潜めたのだ。ぽつりと零《こぼ》したアンジェリカは、居住まいを正した。

「レクシオ。私も……いえ、私たちもあなたに、黙っていたことがあるの」

「ん？」

レクシオが眉を顰《ひそ》め、周囲を見回した。私たち、という言い方で、第三者の登場を警戒したのだろう。

その横からフレッドルが進み出て、何食わぬ顔でアンジェリカの後ろに回った。

「……あ？」

二対一から一対二となって取り残されたレクシオが、あ然としてアンジェリカとフレッドルを交互に眺めている。

「こういう訳なんですわ。申し訳ないね、レクシオさんよ」

飄々とした態度を取り戻したフレッドルが、形ばかりの謝罪をしてみせる。一拍置いて、レクシオがうなるような声を発した。

「て……てめえ、まさか、俺との取引をアンジェリカにバラしたのか⁉」

「悪ぃね。あんたにこれといった不満はなかったが、置物扱いとはいえ王妃様のほうが、取引先としてはでかいんで。そもそもあんたが払ってくれる金も、王妃様の懐から出てる給金だろう？」

悪びれず言い放ったフレッドルは、秘密裏に反乱の準備を続けたいというレクシオの頼みをいったん引き受けはしたものの、すぐにアンジェリカに彼の企みを伝えたのだ。

ところがアンジェリカはレクシオを止めず、フレッドルにも彼に協力するよう言い付けたのである。

「恨むなら私を恨んで、レクシオ」

レクシオの暴発の気配を察したアンジェリカが説明に入った。

「あなたはまっすぐで、誰よりも私のことを想ってくれている。そんなあなたを無理に止めても、必ず事を起こそうとするでしょう」

幼馴染みや主従の枠に収まらない、彼の気持ちにも気付いていた。……何かしている気になりたい、レクシオの焦燥はアンジェリカにも痛いほど分かる。

「それぐらいなら……私の眼が届く範囲でやってくれたほうが、止めることもできると思って、見守っていたの」

「……兄弟どころか、子供扱いかよ……！」

レクシオががくりと広い肩を落とす。それこそ子供のようにふてくされる彼は、特にアンジェリカ関連だと視野が狭くなるところはあるが、頭は悪くない。

「ちっ……そうだよな。お前には動物たちの情報網があるんだ。そこも含めて、うまくやっていたつもりだったが……」

甘く見ていたと、レクシオはぼやいた。

季節ごとの舞踏会に顔を出す以外、蛇の離宮を離れられないアンジェリカであるが、彼女に力を貸してくれる動物たちは別だ。プラパータ内に散らばった彼らはアンジェリカの眼として、ひそかに情報を集めてくれているのである。

「あなたも知ってのとおり、万能ってわけじゃないわよ。警護が厳しいところには動物でも入り込めない。無理をして危ない場所に侵入したりしないようにも、強くお願いしていますからね」

それゆえ、カイムではない神を呼び覚ますといった、クーリッツも相当警戒して行っている秘儀については知らせがなかったのだ。

だからといって、白牛殿に潜り込んでくれているものたちを責める気はない。大きな秘密であればあるほど近付きすぎて見付かった場合、殺される可能性も高くなる。

「そいつは俺も分かってるよ。お前が連中に頼めば、俺が必死に用意していた諸々《もろもろ》の準備も、簡単に台無しにしてしまえるってこともな！」

何処《どこ》かへ運び去る、爪や牙で傷付ける。壊すのはあっという間だと嘆いてみせるレクシオに向かい、折しも不穏な空気に眼を覚ましたルージュが、だっと突進してきた。遅ればせながら、アンジェリカを守ろうとしてくれたようだ。

「はいはい、これでも食ってな」

すかさずフレッドルが取り出した干した果物につられ、その肩に飛び乗ったルージュの小さな額を、フレッドルがよしよしと撫《な》でてやりながら話を戻す。

「でも、どうでしょうね？　王妃様。別の神様とやらが登場となれば、レクシオの案をこのまま進めるのも手ですよ」

勝算はあるのではないか。フレッドルの提案にレクシオは眼を輝かせたが、

「登場しないわよ」

アンジェリカはにべもなく一蹴《いっしゅう》した。

「人間と神々の仲は、すでに遠いものとなっています。王家の人間ならまだしも、いかにクーリッツとはいえ、神の血を引かぬ者が呼びかけても目覚めさせることはできない」

「だ、だが、クーリッツの話だと応じてはくれているらしいぜ」

レクシオも食い下がってくる。確かに応じている様子はある、とアンジェリカも思う。

「そうね。あの悪夢は、問題の神のせいでしょうしね……」

「ん？」

「……なんでもないわ」

例の悪夢については、アンジェリカ自身にも理由が不明だったことに加え、無用な心配をか

けたくなかったのでレクシオにはあまり明確に話していない。ここでさらに彼を落ち込ませる必要もなかろうと、別の理由を持ち出して諦めさせることにした。

「そう簡単に神を目覚めさせることができるなら、『神授の秘儀』はとっくに成功しています。ヨハンセンは神の血を引く後継者を手に入れ、置物王妃はとうの昔にお払い箱になっているでしょう。そうじゃない？」

『神授の秘儀』。それはプラパータ王家に代々伝わる、神の血脈を取り入れるためのものである。

王家の始祖が開発したとされるその儀式に成功すると、神の一柱を呼び出して子を授かることができるのだ。アンジェリカの祖先はそうやって、国の基礎を強化していったのである。

儀式によって授かった子供は、厳密に言えば人間の父親の血を引いていない。だが夫が認めた上で妻が孕《はら》んだのであれば、子は神と人、両方の父を持つ者として扱われるのだ。

「最初にカイムが来た時、『神授の秘儀』によって生み出されたヨハンセンの息子じゃないかと疑ったけど、そうではなさそうですしね」

カイムのような優れた後継者を得られたとなれば、ヨハンセンの地位は完全に固まる。置物王妃など必要なくなるため、動物たちにもその点にはもっとも注意して探ってもらっていた。

しかしカイムは神そのものであり、ヨハンセンの寵姫《ちょうき》と子を生《な》しているような様子もない。

彼を目覚めさせ、国を奪わせることこそできた。だが「神授の秘儀」についてはカイムではうまくいかなかったか、怒らせて失敗したか、そのあたりだろう。

「そうだな……望む子供ができていれば、ヨハンセンが言いふらさないはずがない。寵姫を取っかえ引っかえしているのは、『神授の秘儀』がうまくいっていないのも理由の一つではあるんだろうし……」

「でしょう？　単に女性好きで、飽きっぽいという理由も大きいでしょうけどね」

ようやく折れてくれたレクシオの肩に、アンジェリカは親しみを込めて触れた。ルージュも何か感じるものがあったのか、フレッドルの肩に乗ったまま、半分かじった果物をレクシオに向かって差し出した。

「同情は要らねえよ。お前も、この時間にそんなに食うな。眠れなくなるぞ」

ルージュの気遣いを断りつつも、レクシオは心配してくれる。変わらない彼の優しさにほっとしながら、アンジェリカも同意した。

「レクシオの言うとおりよ、ルージュ。残りは明日にして、あなたももう寝なさい」

二人に諭され、ルージュは少し迷ってから、かじりかけの果物を抱きかかえるようにして寝台に転がった。

「フレッドル、悪いけど早めにクーリッツに反乱の準備を取りやめるよう伝えてくれる？」

「俺は寝かせてくれないんですね？　はいはい、分かりました」

人使いの荒いことで、と皮肉に微笑《ほほえ》むフレッドルの肩にもアンジェリカはそっと触れた。

ちょっと驚いたように動きを止めた彼に、信頼を込めて微笑み返す。

「頼りにしてるわ、フレッドル。あなたがこれ以上、どこにも流れて行かずに済むように、一緒にこの国の平和を守ってね」

支配者がヨハンセンに変わっても、プラパータが父王の時代と変わらぬ平和を保っているとアンジェリカが確信した理由。その一つが、フレッドルたちのような流れ者の流入だった。

祖国を持たない、彼らのような者たちが好んでプラパータに入ってくるのは、この国が戦の少ない安全な場所だからだと捕まえた当初に聞いたのだ。闇商人が何を言っているのか、と呆《あき》れたアンジェリカに、「俺たちだって、ねぐらではぐっすり寝たいんですよ」とフレッドルは平気でのたもうたのである。

図々《ずうずう》しい話であるが、様々な国を渡り歩いている彼の発言にはアンジェリカが持たない斬新な視点と説得力があった。レクシオや動物たちのように自分に甘いばかりではない、手厳しい態度も辞さない相談役にもなってくれるだろうと、アンジェリカは彼との取引に踏み切ったのだ。

今となってはフレッドルとの付き合いも長くなっている。結果的にヨハンセンの治世を助けてやるのは腹立たしいが、プラパータの平和を保つことはフレッドルの利益にもなるだろう。

そう語りかけるアンジェリカに、フレッドルはなぜか難しい顔をした。

「……気を付けてくださいよ、王妃様。あんたは自分が思っているより面白いし、情に流されやすい人だ。今回はあんたに付いたほうが得だと踏んだんで手を貸しますが、俺みたいな小悪党は、いつ裏切るか分かりませんよ？」

したり顔で説教をされたアンジェリカだが、馬鹿げた話だと胸を張る。

「ふふん、病気の妹さんのためにがんばっているあなたに、そんなことができるわけないでしょう？」

「……おおっと」

わずかに動揺を示したフレッドルに、アンジェリカは心からの同情を込めてつぶやいた。

「確かお母様とお婆《ばあ》さまもお体が弱いのよね。ご家族にご病気の方が多いと、大変ね……でも、生きていてくだされば、できることもあるから……」

「そうですね……本当にいればね……」

虚《うつ》ろなフレッドルの相槌《あいづち》を、アンジェリカはいつも飄々とした彼の照れだと解釈した。

「大切なご家族のためにも得だ、と思わせていれば裏切らないんでしょう？　分かりやすくていいわ。じゃ、お願いね」

面白いかどうかはさておき、情がどうこうについてはフレッドルも似たようなものと感じているアンジェリカである。そうでなければ、とっくの昔により大手の取引先であるヨハンセンに告げ口していただろう。

様々な意味で肩を竦《すく》めたフレッドルが去ってから、彼女は息を整え、レクシオと向かい合った。

「……レクシオ。私、あなたの気持ちには」

「分かってるよ」

ルージュを寝かせ、フレッドルを帰し、二人きりの場を作った。その時点でこう来ると予測していたレクシオは、言わなくていいと苦笑いする。

悲しい事実をただ否定しただけではない。向こう見ずな反乱を諦めても、彼のアンジェリカへの想いは消えていない。

「それでも俺は、この先もずっとお前の側《そば》でお前を守る。……いつの間にか武芸でも勝てなくなってきちまったが、人間の味方もお前には必要だ。そうだろう？」

子供の頃から見続けている優しい笑顔。あの頃から唯一、アンジェリカの側に残っているもの。

最近は恋敵となった蛇神の圧倒的な存在感に功を焦りがちなレクシオであるが、彼の価値はカイムとは異なる。

レクシオさえも失って、独りこの離宮に押し込められていれば、アンジェリカはきっとこの部屋から出ることはできなかった。命を絶ってさえいたかもしれない。

「ええ。――ずっと生きて、元気で、私の側にいて」

残酷な願いであることは理解している。レクシオもそれを承知している顔で、力強くうなずいてくれた。

「そりゃそうとお前、簡単に部屋に男を入れるのはやめろ。特に夜はな」

「え？　だ、誰のこと？」

突然の説教にアンジェリカがきょとんとしていると、レクシオは「フレッドルのことだよ！」と苛立《いらだ》った。

「騙《だま》しやがって、と怒れる立場じゃねえが、それでも俺を騙してたんじゃねえか！　あんまりあいつを信用するんじゃねえ!!」

「そんな言い方をしないで、レクシオ」

レクシオの怒りも分かるが、アンジェリカと同じ分だけ、二人も交友を育んでいたはずである。近しい人々同士の喧嘩《けんか》はもう見たくなかった。

「フレッドルはあなたのことも心配して、私に相談してくれたのよ。適当にあおって反乱に必要な物資を売り付け続けたほうが、彼には利益があるはずだもの。それにフレッドルには、病気のご家族が」

「分かった、分かったよ！　とにかく、あいつだけじゃなく、あらゆる野郎に気を付けろ！お前、か、可愛《かわい》いんだからさ……」

小さなレクシオの付け足しは、「そうね、これでも一応王妃なのだし」というアンジェリカの真剣な反省に飲み込まれていった。

レクシオも去り、一人になったアンジェリカは、ルージュを起こさないように気を付けながら寝台に身を横たえた。

「この夢とも、あとちょっとでおさらばね」

暗がりの中で眼を閉じれば、睡魔の背後から待っていたとばかりに悪夢の気配が近寄ってくる。邪悪な意思が全身に絡み、締め付けてくる。

「そういえば、別の神様とやらは、結局どんな方なのかしらね……」

絡み、締め付ける。アンジェリカのいたぶり方も蛇のそれに近いため、この夢はカイムに関係しているのではと疑っていた。

「でも、カイムは……こういう風に陰湿では……いえ、陰湿じゃないとは言えないけど……」

多少なりとも彼の性格を知った今となっては、出会う前からこのような形で悪夢に登場していた、とはやはり考えにくい。平気で人の揚げ足を取ったりしてくる反面、どこかからりと乾いているのがカイムという神なのだ。

とはいえ、それも彼の一面でしかなかったのかもしれない。天衣無縫の蛇神にも湿っぽい部分があることを、アンジェリカはもう知っている。

――お前は祖先のようにふりではなく、本当に蛇を、オレを、愛してくれているのだと思っていたのに。

カイムの最後の言葉が、眠りに緩んだ意識の隙間から泡粒のように湧き上がってきた。

出会った当初より、彼に覚えた謎の親近感。カイムの気持ちを尊重してやりたい、という感情は、この身に受け継がれた始祖ユリヤの本音か、後悔か。

まといつく全てを振り払うように、アンジェリカは寝台の上で身をよじる。

「別の神様とやらが、ろくなやつじゃないことだけは、分かる、けど……」

身をよじったついでに頬に触れたルージュの尾が心地好《よ》い。そちらに意識を傾けながら、アンジェリカは朝を待った。


白牛殿の奥、他国からの賓客用に設《しつら》えられた豪勢な客室の長椅子に、カイムは長い足を無造作に投げ出して座っていた。

「暇だな」

二度と来るなとアンジェリカに言われたカイムは、己を探しに来ていたヨハンセンの居城を訪れていた。

自分を追い払ったはずのカイムが、私室の中央に立っている様を見てヨハンセンは飛び上がったが、眼の届かないどこかに行かれるよりはいいと判断したのだろう。この部屋を宛がい、丁重な扱いを約束してくれたのである。

しかし、欲しい物があれば何でも用意させると豪語してくれたはいいが、試しに「お前の妻が欲しい」と頼んでみても叶《かな》えてくれなかった。相変わらず使えない男である。ならば別に欲しい物はない、こちらから呼ばない限り誰も近付かせるなと言い渡して追い払ってしまった。

「別にいいが。夫がくれたからといって、易々《やすやす》とオレのものになるような妻でもなかろうしな」

ふ、と息を吐くように笑ったカイムは誰かが近付いてくる気配を察した。

「カイム様、失礼いたします。ご挨拶させていただいてもよろしいでしょうか」

「誰も近付かせるなと言ったはずだが、なんだ貴様は。耳が付いていないのか？」

召使いの態度ではない。事実、勝手に部屋に入ってきたのは、華やかに着飾った黒髪の美女だった。足元に柔らかな茶色の毛並みを整えた中型犬を連れている。

「オリガと申します。国王陛下よりカイム様の話し相手をするよう、仰せつかってまいりました。こちらはコーディ、可愛いでしょう？」

物慣れた調子で自己紹介するオリガと、その愛犬コーディだ。プラパータの王侯貴族たちに知らぬ者はなく、知らなかったとしても自信あふれる態度に威圧されてしまう「王妃」である。

同じ黒髪の美女とはいえ、陰気でつまらない置物王妃になってしまった現在のアンジェリカとは比べる気にもなれない、と多くの者は考えるだろう。だがカイムは立ち上がりもしない。

「ヨハンセンは、まだ忙しいのか」

「ええ、一国の王ともなれば当然です。ですが……」

取り付く島もない態度にめげず、オリガは微笑みを絶やさない。

「失礼ながら、カイム様のようなすてきな方を放置されるのは、国王陛下といえどもあんまりではないかと思えてなりません。……私も最近、よく寂《さび》しい思いをさせられていますし」

腕によりをかけて装った美貌が、憂《うれ》いを帯びて映える角度に調整しながらオリガは切ない声を出す。

カイムが何者か、具体的なことはオリガは何も知らされていない。男はみんな自分と同じだと思っているヨハンセンは、男性の賓客には美女、時には昔自分が愛しんでいた寵姫を平気で宛がったりするのだが、カイムには誰も近付けようとしない。身の回りの世話をする者さえ付けない徹底ぶりだ。

現在の寵姫であるオリガも、話し相手をするどころか、側に行かないように命じられていた。

しかし彼女は媚《こ》びを売る相手を見分ける嗅覚が鋭い。

ヨハンセンに王権を与えた蛇神とまでは分からないものの、この美貌、この存在感、この扱い。お忍びでプラパータを訪れた、どこかの国の王族ではないかとオリガはにらんでいた。

「ねえ、カイム様。国王陛下につれなくされている者同士、私たち、きっと仲良くできると思いません？　コーディもそう思うわよね」

従順な飼い犬にオリガは目配《めくば》せを送る。ヨハンセンが最近、クーリッツすら側に置かず、一人で閉じこもって何かやっているのは事実だ。

一部ではオリガに飽きたとの噂も流れ始めており、焦った彼女は次の寄生先を探していた。ここでカイムの歓心を買えれば、と目論《もくろ》んだオリガは侍女一人連れず、秘密裏に彼の部屋を訪れたのである。

その読み自体は正しかったが、生憎とカイムは高い鼻先にしわを寄せ、図々しく隣に腰を下ろそうとしてきた彼女を追い払うしぐさをした。

「近寄るな。お前は臭い」

「はぁ!?」

みだしなみには気を付けているオリガである。ヨハンセンの寵愛を誇示するように、現在も高価な香水を惜しみなく使用している。

時にはコーディが嫌がるほどの香りで武装しているのだが、蛇神の嗅覚にそんなものは通じない。

「ヨハンセンの妻が欲しいとは言ったが、誰が貴様などを寄越せと言った。不遜にも王妃を気取っている上に、いまだヨハンセン以外の男の匂いをさせている女など願い下げだ。娼婦《しょうふ》上がりとはいえ、もう少し慎みを持て」

「な、なっ……何を、根拠に……」

屈辱に、オリガはわなわなと小刻みに震える。主の恐怖を汲《く》み取《と》ったのか、それまでじっと頭上のやり取りを聞いているだけだったコーディが激しく吠《ほ》え始めた。

「コーディ!? やめなさい！ そりゃ気味が悪い上に失礼な人だけど、一応陛下のお客様なの！ あまり挑発しないで……!!」

番犬としても頼もしいコーディであるが、カイム相手にも勇敢に吠えつく様にオリガはますます血の気を失った。

カイムの無礼さに腹は立つが、それ以上に恐ろしい。何をどこまで知っているのか分からず、可能ならそそくさと逃げ出したいところであるのに。

「コーディ！」

苛々したオリガはコーディの腹を蹴り上げようとした。コーディを黙らせ、その勢いで自分も退散する作戦だったが、途端にそれまで鉄面皮を保っていたカイムが眉間にしわを寄せた。

「やめろ。そいつはそんなに臭くない」

「ぎゃん！」

叫んだのは蹴られそうになっていたコーディではなく、いきなり足元に走った衝撃によって無様に引っくり返ったオリガだ。貴婦人としてあるまじき醜態《しゅうたい》をさらした彼女は、真っ赤になって必死に立ち上がろうとしている。

その横に寄り添ったコーディは吠えることこそやめたが、まだカイムを見ている。

しかしカイムが無言で見つめ返すと、くぅん、と悔しげに鳴いて首を引っ込め、どうにか起き上がったオリガと一緒に去っていった。

去り際、オリガは挨拶のようなものを述べていた気がしていたが、竦《すく》み上がってもつれた舌の発音は極めて怪しく、そもそもカイムはもう彼女になんの興味もない。臭い匂いの源が去ったなら良しとばかりに、またぼんやりと宙に視線を投げ始めた。

「ユリヤ……」

久しぶりに口にした名前は、彼の唇にさえ苦い味を残す。

「お前の子孫も、結局はお前と大差なしか……」

しばらくそうしていたが、ある瞬間はっと背筋を正した。蒼い双眸《そうぼう》にちらちらと赤い色を覗かせながら、カイムは低い声でつぶやく。

「ヨハンセンのやつ、やったな」

長身が長椅子の下に滑り落ちた、ように常人には見えただろう。一瞬の残像だけ残し、カイムの姿は消えた。

「結局、分からずか」

カイムが去り、眠れない夜が再開してから三日が経過していた。

せめてとイーリューが用意してくれた、温めた牛乳を飲み干したアンジェリカは、心配そうに寄り添ってくれるルージュを抱き寄せて寝台に横たわる。

再度の反乱自体は未遂で終わった。この三日というもの、ヨハンセンたちに詮索された時のことを考え、過度に集められていた武器などはフレッドルを通じて売り払う準備を進めていた。

ところがまだ悪夢が去らない。アンジェリカは白牛殿に潜り込んでいる動物たちに連絡したが、カイムに追い返されたせいだろうか。特にヨハンセンの周辺はひどく警備が厳しくなっており、まともに近付けないという話だった。

そこでアンジェリカはレクシオに、一体どういう神を目覚めさせようとしたのかと尋ねたのである。

『そいつはクーリッツ将軍からも、はっきり聞いてないんだよな。というか、あの人にも分かっていないようなんだよ』

レクシオも無論、どのような神に助けを願ったかは気になっていたらしい。

しかし実際に儀式を行ったクーリッツが使用したのは、ヨハンセンの側近という立場上知り得た「神授の秘儀」の変形。具体的には神に呼びかける、その部分のみを利用したそうなのだ。

『「神授の秘儀」も、こっちから神様を名指しするようにはできてないんだろ？　とにかく応じてくれた神を目覚めさせようと、必死にがんばってくれていたようなんだが……』

「残念ながら、からかわれていたようね」

ふわふわのルージュの胸毛に顔を埋《うず》めるという、スーラには決して許されない栄誉に浸りながら、アンジェリカは苦笑する。

応じてはいたのだろう。それゆえにアンジェリカも嫌な夢にうなされた。

だが、悪夢が始まった時期からして数ヶ月にわたり、儀式は行われていたはずなのに、いまだ実際に姿を現す様子はないのだ。儀式それ自体のやり方に問題があったのかもしれないが、やはり王家の血を引く者が必要なのではないかと思われた。

「そうでなければ、クーリッツとレクシオがやってうまくいかないのに、あのヨハンセンがやってうまくいくなんておかしいじゃない！　だからといって、カイムとうまくやれているようにも見えなかったけど……」

一人で盛り上がったり下がったりしている声が漏れていたようだ。そろりと開いた扉の向こうから、イーリューが不安げな顔を覗かせた。

「イーリュー、大丈夫よ、もう寝るから。牛乳はいいわ、かえって眠れなくなりそうだし。起きていてもいいけど、昨日もほとんど寝ていないですからね……」

両手にカップを持った心配性の召使いに断りを入れ、「あなたも飲んじゃだめよ、またおかを壊すわよ」と付け加えてから、アンジェリカは懸命に手足の力を抜く。

悪夢が来ると分かっていれば、どうしても入眠にはためらいが生じ、時間がかかる。それを見越して昼間は溜《た》め込まれていた武器を移動させ、ついでに大がかりな掃除もしてと、たっぷり体力を使っておいたのだ。

じっとしていれば、自然と眠りが訪れるはず。

「ほらね……そろそろ……眠くなってきた……」

まぶたが落ちていく。ルージュの胸毛よりなお柔らかな闇に沈んでいくアンジェリカに、あの気配が近付いてくる。


見付けた。


「ひゃあッ!?」

「ピャー!?」

太陽が昇るとほぼ同時にアンジェリカは跳ね起きた。彼女の悲鳴に驚いたルージュも、聞いたことのない声を上げて飛び上がった。

「シャアッ!」

「シャー!!」

悲鳴に怒りの音が重なる。思わず見回せば、最近カイムとアンジェリカの一件を気にしてか、とんと見かけなくなっていた黒蛇たちだ。彼らが寝台の周りに大勢集まって、虚空をにらみつけながら威嚇音を出していた。

それにさらに慌て、寝台から落ちそうになったアンジェリカは、持ち前の身体能力でぎりぎり踏み止《とど》まった。

「ご、ごめんなさい、ルージュ、大丈夫!?」

手ですくい上げたルージュは大きな眼を一杯に見開いて震えているが、アンジェリカの顔を見るなり気丈に「そっちこそ大丈夫?」という顔をしてみせた。

「私も大丈夫……なんだけど」

昨日までなら数時間眠っては苦痛に耐えきれず目覚め、またうとうとするの繰り返しだった。

本日はこの時刻まで眠りが途切れなかったので、体の疲れはかなり取れている。いつものあの、全身を絞るような痛みが来なかったためだ。

しかし心臓はかつてない速度で早鐘を打っている。冷たい汗に張り付いた夜着が気色悪い。

「今のは、まさか……」

言いながらアンジェリカはルージュを寝台に降ろし、頼んだ。

「……ルージュ、スーラを呼んで。フレッドルたち、それにあなたの一族にも招集をかけて、離宮の門の前に集まるよう伝えて」

ルージュもアンジェリカのただならぬ様子を感じ取ったようだ。カイムが足繁く通っていた頃、食べられそうになったせいで避け続けている天敵の名を聞いても嫌な顔をせず、小走りに駆け出した。

「蛇たちも……何かが起こっていると感じたから、来てくれたのよね。カイムのこととあなたたちのことは別です。協力してくれるなら、門の前に集まって」

アンジェリカの頼みを聞いた蛇たちは、音もなく部屋の端の暗闇に吸い込まれるようにして消えていった。

「大きな問題が起これば、向こうから連絡も来るでしょうけど……何もなければ、それでいいのよ」

独りごちている間にルージュの足音が聞こえなくなり、廊下を別の足音が駆けてきた。慌ただしく着替えをしながら、アンジェリカは忠実な猫に頼む。

「イーリュー、あなたも何かを感じたのね。とりあえず着替えを手伝って。終わったら、離宮中のみんなを起こして、門の前に集めて」

にゃッ、と短く鳴いたイーリューが用意してくれた軽装を見て、アンジェリカはわずかにためらった後頼んだ。

「これだけじゃ足りないかも。……あの鎧《よろい》を出してくれる？　イーリュー」

イーリューの長いスカートがかすかに持ち上がったのは、驚きに尾が飛び出たためだろう。主の決意にイーリューは、緊張をみなぎらせながら応じてくれた。そしてアンジェリカが着替え終わると、残った命令を実行すべく駆け戻っていった。

身支度を整えたアンジェリカ自身も、ひとまずレクシオと相談しようと部屋を出る。

「カイム!?」

直後、薄暗がりがやけに似合う青白い美青年に正面衝突しそうになり、危うく立ち止まった。

「久しぶりだな、アンジェリカ。相変わらず美しい、白はお前のための色だ。鎧姿もよく似合う。それにいい匂いがする。やはりお前の匂いが一番、懐かしい」

出会い頭にすらすら言われ、アンジェリカはささやかな再会の喜びがあっという間に消えていくのを感じた。一大決心をして引っ張り出した、白い鎧に包んだ体をよじるようにしてカイムから離れる。

「は？　まさかあなた、また口説きに来たの？」

こっちはあれから思い出しては悶々《もんもん》としていたのに、どういう神経をしているのだ。……もしかすると、あの「見付けた」はカイムなのか？

疑いの眼を向けるアンジェリカだが、カイムは容疑を否定した。

「口説きにも来たが……先に伝えるか。白牛殿でラトゥーが暴れている。お前は止めたいだろう」

「えっ？　ラトゥーって誰？」

カイムの唐突さにも慣れてはいたが、急に知らない名前を出されても対応できない。戸惑いを露《あら》わにするアンジェリカを見下ろすカイムの瞳は、時の流れそのものを眺めるような色をしていた。

「人の制御を受け付けない神の名は、王家の人間の頭からさえどれもこれも消されてしまっているようだな。ラトゥーは戦いを好む、象の姿をした神だ」

「戦いを好む……象……」

象はプラパータで広く親しまれている動物だ。力が強く、人に慣れてくれるので、いろいろなものを運んだり、時には器用な芸を見せてくれたりと生活に溶け込んでいる。

反面、巨体から繰り出される暴力は凄《すさ》まじい。ひとたび暴れ出すと手が付けられない。

戦に使われることも多いが何かに驚いて制御を失うと、敵味方の区別なく周囲に大損害を与える。そのため象使いは、非常時には簡単に象を殺せるよう、仕掛けをしておくのだとか。

「もしかして、レクシオとクーリッツが目覚めさせようとしていた神!?」

「そうだ」

象神ラトゥー、それがアンジェリカを苦しめていた原因なのは分かった。体を締め付けてくることからも、蛇の仕業ではとカイムを疑っていたが、あれは象の鼻だったのだ。

「なんで……クーリッツにはフレッドルから、馬鹿な真似はやめるよう伝えさせたはずよ。あいつまさか、今度はあっちに付いたんじゃないでしょうね……!?」

フレッドルとの友情も積み上げてきたつもりだったが、損得が絡めば商人は容赦がない。

これ以上アンジェリカについても先がないと見て裏切ったのなら、腹は立つがあちらも家族のため、恨む筋合いはない。腹は立つが。

「いや、フレッドルはきちんと伝えた。クーリッツは手を引いた」

誤解して憤りかけたアンジェリカに、カイムは首を振った。その瞬間、アンジェリカは気付いた。

フレッドルも悪くない。クーリッツも悪くない。

彼らより前に王家が遠ざけていた神を呼び覚まし、野望を成し遂げた者がいる。

「……ヨハンセン？」

「そうだ。何度やっても『神授の秘儀』がうまくいかず、せっかく呼び出したオレにも背かれたあいつに、どこかの馬鹿が封印を緩ませた神が囁《ささや》きかけてきたのだ」

がたん、と動揺著しい音がした。

ぎょっとしたアンジェリカが眼を向けた先に、騒ぎを聞き付けて駆け付けてくれたレクシオの青い顔があった。

「す、すまん、アンジェリカ。俺たちは、こんなつもりじゃ……！」

「……いいのよ、あなたが意図したことではないもの」

軽くカイムをにらみながらアンジェリカは慰めた。

カイムがレクシオに今の話を聞かせたのには、おそらく意図がある。しれっと意地が悪いところも変わりがなくて何よりだ。

レクシオには悪いが、少しだけほっとしたのを隠して、アンジェリカは本題に入るよう促した。

「それよりカイム、ラトゥーが暴れているってどういうこと？　そっちのほうから、ヨハンセンに呼びかけてきたんでしょう？」

過ぎたことを悠長に責めているような状況ではないはずである。アンジェリカが促すと、カイムもすぐに話を戻してくれた。

「ラトゥーはオレと違って、積極的に人間同士を争わせて愉《たの》しむため、長く封じられていたのだ。やつがヨハンセンに近付いたのは、やつに後継者を授けてやるためではない。オレに対抗するためでもない。自由を得て、好き放題に暴れるためだ」

ヨハンセンのため、カイムはこの国を手に入れてくれた。ヨハンセンはそれでは飽き足らず、強力な彼の血を受け継いだ後継者をも欲したと思われるが、カイムは言うことを聞かなかった。

行方知れずになり何年探しても見付からないと思ったら、元いた蛇の離宮に戻ってアンジェリカに求婚していたぐらいだ。気まぐれなカイムでは頼りにならないと業を煮やしたヨハンセンに、クーリッツが執り行った秘儀により、ある程度封印が解けていたラトゥーが近付いた。

腐ってもプラパータ王家の血を引くヨハンセンだ。彼の手により秘儀は成功し、無事にラトゥーは自由を得た、ということらしい。

「……宮殿には大勢の兵士がいるはずよ。彼らにも、どうにもできないの？」

クーリッツが率いる兵士たちも、プラパータという国家を支える太い柱だ。十年前の反乱の際も、決定打はカイムだったかもしれないが、クーリッツの力添えも影響が大きかったはずである。

カイムの口振りからして今回は役に立たなかったのだろうが、弟子だったアンジェリカはもちろん、手を組んでいたレクシオもクーリッツの状況は気になるだろう。アンジェリカの質問に、カイムは率直に応じてくれた。

「神を止められるような戦力はない。それにラトゥーは、ヨハンセンを背に乗せて暴れている」

「ふ、ふふ……面白い男ばかりね、私の周りは……!!」

今杖《つえ》など手にしていたら、真っ二つにしていたかもしれない。凶悪な笑みを浮かべてアンジェリカはうそぶいた。

愚行に愚行を重ね、カイムよりさらに言うことを聞かない神を目覚めさせてしまっても国王は国王だ。ヨハンセンが人質に取られている状態では、どれだけクーリッツが優秀でも打てる手は限られるだろう。

ヨハンセンに関しては、この際そこそこ痛い眼を見てほしい欲もある。

しかし国王が自ら目覚めさせた神の手により、宮殿で殺されるというのは体裁が悪すぎる。

後継者も定まっていない状態でそんなことになったら、今度こそプラパータ王国は崩壊するかもしれない。

「単純な被害も、宮殿周辺だけでは済まないでしょうしね。いずれにしろラトゥーを放置しておけば、国中を巻き込む戦争になる恐れがある……」

ラトゥーについての情報は少ない。どんな手を使って、人間同士を争わせるかもよく分からない。

夢の中でアンジェリカを苦しめる、現在は自身が暴れているということを踏まえると、ラトゥー本体が人間を害することも好んでいるようだ。クーリッツが付いているヨハンセンはまだしも、彼以外の者が標的になった時のほうが危険だ。

それにしても、とアンジェリカが思ったのを読んだのだろう。カイムは淡々と言った。

「オレは王家以外のプラパータの連中がどうなろうと構わんが、お前の望みではあるまい」

意外な言葉に一瞬眼を見開いてから、アンジェリカは微笑みを浮かべた。

「……そうね。私のことを考えて、教えに来てくれてありがとう、カイム」

ヨハンセンなら今でもカイムは一応助けてくれるかもしれない。だが、それ以外のプラパータの民など、どうなっても本当に気にならないだろう。

アンジェリカは違う、とちゃんと理解して知らせに来てくれたのだ。レクシオへの当たりの強さは変わりないが、愛しているふりしかしてくれなかった、ユリヤの子孫の意を汲む程度の気は遣ってくれているのだ。

感謝を込めて頭を下げるアンジェリカを、カイムは感情の読めない眼で見つめている。

「オレの言うことを信じるのか」

時間もないのに、素直に感謝させてくれない神様だ。呆れながらアンジェリカは口を開いた。

「知ってるかもしれないけど、私、そのラトゥーとやらが眠りから覚めかけて以来、ずっと変な夢を見てるの。ついさっき、『見付けた』とも言われた。何かが起こっているのは間違いないでしょう」

レクシオが大柄な体をますます縮めているのが眼の端に映っているが、いつかは知れる話だったのだ。諦めたアンジェリカの説明に、カイムはまだ満足しない。

「オレの言うことだから、信じてくれるわけでもないのだな」

「当たり前でしょうが。あなたが今まで、信じるに足るようなことをしてくれましたか？」

出会い頭に殴りかからなかっただけ、ありがたく思ってほしいものだ。腕組みして突き放したアンジェリカはこう続けた。

「ただし、あなたの言うことだからと、全てを疑うつもりもないの。あなたがどういう存在であるかも関係ない。王家の人間として、進言に等しく耳を傾けるのは当たり前のことです」

祖先のこと、家族のこと、現在の状況。あれこれ秤《はかり》に掛けた結果、それがアンジェリカの答えだった。

カイムは黙っている。そこへ響き渡った力強い羽ばたきで、アンジェリカは気持ちを切り替えた。

「じゃあね、カイム。あなたの助言に心からの感謝を。レクシオ、あなたとクーリッツがしてくれていた準備が役に立つ日が来たようです。スーラ、来てくれてありがとう！　イーリューもありがとう、私もすぐ行きます!!」

スーラが爪でルージュを掴んでいることは気になるが、ルージュは特に痛そうではないので口出しはやめよう。レクシオの瞳に力が戻ったのを確認したアンジェリカは、スーラとルージュを仲良く左右の肩に乗せ、イーリューの背を追いかけて離宮の外へ向かう。

「アンジェリカ、どうする気だ。ここにラトゥーをおびき寄せる気か!?」

レクシオの問いに、歩きながらアンジェリカは首を振った。

「それも考えたけど、多分その前にヨハンセンが殺されてしまうでしょう。武装を整え、こちらから打って出ます!!」

アンジェリカがただの置物ではないことは、すでにヨハンセンにも知られてしまっているのである。ラトゥーを呼び出したのは、カイムに邪魔されずアンジェリカを処刑したいというのも理由の一つだろう。

座して待つ時は過ぎたのだ。こうなったら一か八か、やってやろうではないかと断言するアンジェリカの横を、当たり前のように併走しながらカイムが尋ねてきた。

「アンジェリカ、オレに何か言うことはないのか」

「御礼ならもう言ったと思うけど？」

用は済んだはずだ。彼のほうを見もせずに答えると、アンジェリカは暗い廊下を抜け、早朝の空気の中へと踏み出した。

ぐんぐん空を昇っていく太陽の下、蛇の文様が浮き彫りにされた門の前にひしめき合う動物たち。イーリューが呼びかけてくれた、離宮の住人たちだ。

「相手は神だぞ。オレの助けが要るのではないか。こいつらを巻き込んでも、殺され……いや、救助の役に立つぐらいだ」

大量の黒蛇たちはおとなしく集まってくれているというのに、カイムは諦めずに横から話しかけてくる。学習の成果か、スーラとルージュに仲良く威嚇されたせいもあってか、途中で微妙に表現を和《やわ》らげた。

「……大戦力ではあるでしょうね。誘惑は感じます」

獅子《しし》や狼《おおかみ》といった戦闘向きの動物たちも何頭か来てくれると思うが、相手は戦の神ラトゥーだ。人間の兵士よりは動物たちのほうが戦闘能力は上でも、返り討ちに遭う可能性が高いことはアンジェリカも分かっている。

「でも、気持ちだけいただくわ。前にも言ったでしょう。私はあなたに、にこにこすり寄れない。だから、あなたを利用する気はないの。受けた恩を、とても返せそうにないから」

価値観は相容《あいい》れず、利害も一致していない。カイムの愛に返せるだけの愛を、アンジェリカは持ち合わせていないのだ。

始祖ユリヤのようにはできない。

その思いはカイムのことだ、読めているのだろうに、彼は平気でこんなことを言う。

「思い上がり……ではなく、自分の力を過信しすぎではないか。眼の前の民を救うためなら、オレを嫌っていても手を借りるのが王家の人間の選択では？」

「……一理ありますが、それはあなたに悪いです」

他人に対してだけではなく、時に自分に対しても無神経なのだから参ってしまう。以前と比べれば言葉を選んでいる節がある分、余計にそこが目立つ。

「いい加減にしろ蛇神、アンジェリカは貴様などのことを案じているからこそ」

「いいの、ビート」

噛み付きそうな顔をしているビートを手で制しながら、アンジェリカは門の手前で立ち止まった。

「少しは言い方を工夫しよう、という気持ちになってくれたようね。その調子よ、カイム。その調子で、同じ高さで心を通わせられる誰かを見付けてちょうだい。あなたの力は、あなたと愛し合える相手のために使って」

まだ及第点とは言えないが、カイムなりに反省し、歩み寄ろうとしてくれているのは伝わってくる。その気になれば彼に相応しい存在も見付かるだろう。

親愛を込めてアンジェリカは、例の布の上から優しく彼の右腕に触れた。

そしてくるりと向き直り、門番たちに開門を命じた。

「外からも味方が来てくれたようね。開けてちょうだい！」

カイムと話している間に、門の外からも様々な気配が集合してきていた。ゼナと、相方にも肩を叩《たた》かれ渋々引いたビートの強靱《きょうじん》な腕によってみるみる門が開く。

ルージュが呼び集めてくれたリスたちなど、通常は群れを作らない生き物たちも、アンジェリカのために総出で集まってくれている。何台もの馬車に乗って、フレッドルの一味も到着していた。

「来てくれて感謝します、フレッドル。早速詳しい説明をします！」

「大体見当は付いてますけどね。なんだか王宮のほうで騒いでいるようなんで！」

情報通でなければ闇商人などできない。訳知り顔で馬車から飛び降りてきたフレッドルとやり取りしている間に、カイムの姿はいつの間にか消えていた。

開きっぱなしの門の下に立ったアンジェリカは、集まってくれたものたちに向かい、簡潔に目下の危機を説明した。

「ラトゥーという戦を好む象の神が、国王ヨハンセンを人質にして白牛殿で暴れているそうです。放っておけば、被害が国中に広がる恐れがあります。それを止めるために、みんなの力を貸して！」

言葉にせずとも心通じる仲である動物たちはもちろん、レクシオもフレッドルたちもおおかな事情は飲み込んでいる。アンジェリカの呼びかけに、一も二もなく応じてくれた。

レクシオがフレッドルに運び込ませた武装の中には、動物用のものも含まれている。人間とイーリューと門番たちが、全員の装備の手伝いをして回った。

「俺たちも行くぞ。いいよな、アンジェリカ」

「そうさせてほしい。ビートもだろうが、俺の我慢もそろそろ限界だ」

「ええ、今回はあなたたちも一緒。こうなってしまっては、ここを守る意味はあまりないですからね」

アンジェリカの言葉に、棍棒《こんぼう》を携えたビートとゼナは嬉しそうだ。門番という任務のため、普段はなかなか仕事場を離れる機会のない二人は、久々の外出が純粋に楽しそうである。料理も担当しているのは、気分転換の意味もあるのだ。

「さあ、行きますよみんな!!」

アンジェリカ自身も、昂《たか》ぶりを感じているのは否定しない。普段の軽装に簡素な武装と剣を加え、満を持して愛馬エッギルにまたがろうとした。

「えっ⁉」

その直前、にわかに地が揺れ、アンジェリカの体が空へと持ち上げられた。

「ちょ、地震⁉」

こんな時に。それともこれが、ラトゥーの先制攻撃か？

冷や汗を覚えたアンジェリカは、ぐらりと傾《かし》いだ体を立て直すため、反射的に足元に手を突いた。

指先に触れる、ひやりとした感触。この感覚、それにこの青白い色。

息を呑《の》んだアンジェリカを振り向いて見つめる、まぶたのない蒼い瞳は彼だけのものだ。

「カイム……？」

大きな、白い蛇。

蛇の離宮と変わらない高さまで鎌首をもたげた巨大な蛇。その背中に、アンジェリカは立っていた。

『お前の答えが気に入った。お前が嫌がろうが、力ずくでも手を貸させてもらう』

礼拝堂に祭られていた、あの白蛇そのものの姿になったカイムが正面に首を巡らせて動き出す。長大な蛇は全身を波打つようにくねらせながら、悠然と移動を開始した。

見た目は優雅だが、なにせ建物より大きい蛇だ。アンジェリカは思わずつるつるした鱗《うろこ》に爪を立ててしがみつこうとしたが、どういう理屈かそれほど踏ん張らずとも、滑り落ちたりすることはないようだった。

「ちょ、ちょっと、ちょっと……」

それはいいのだが、誰も乗せてくれなどと頼んだ覚えはない。

泡を食っている間にもカイムは森の木々を蹴散らして進む。みるみる蛇の離宮が小さくなっていく。

落下はしないが風は強い。短い髪を乱しながら振り返れば、やっと巡ってきた見せ場を奪われ憤慨したエッギルを先頭に、レクシオやイーリューなども顔色を変えて追いかけてくるのが辛うじて見えた。

黒蛇たちはどことなく嬉しそうにしている気がする。フレッドルなどは爆笑しているかもしれない。

「ああ……もう！　スーラ、大丈夫よ。私はカイムにさらわれたわけじゃないの！　ひねくれ者の蛇神様は、味方してくださるんですって！」

真横に飛んできたスーラに伝言を頼む。この調子では、内外から呼び集めた味方とカイムが先に対決する羽目になってしまう。

言い過ぎはある程度反省してくれたようだが、肝心なことを言わない性質についてはまだ直す気がないようだ。時間があれば矯正したいが、今はそれどころではない。

「カイム、一人で突出しないで！　みんなと足並みを揃えて！　相手も神なのよ、こっちも全

員で力を合わせるべきでしょうが……!!」

『不要だ。オレとお前がいれば無敵だ』

「……それはそうかもしれないけど！　救助だとか、あなたがやってくれそうにないことをしてくれる味方も必要なの!!」

ラトゥーと戦うだけであれば、自分たち以外は足手まといになると言いたげなカイムの発言は正しいかもしれない。だが戦いは勝った後こそが肝要なのだ。

「勝つだけなら戦士の仕事です。ですが私は王族！　勝ち方も立場に相応しいものを選ばねばなりません。手を貸すと言うならそこまでやってもらいますよ、カイム！」

『ふむ。流されやすそうでいて、ただでは流されないということか』

ますます気に入った、とわざとらしくつぶやくカイムが少しだけ速度を落としてくれたので、アンジェリカはその背に乗ったまま一路、白牛殿へと向かっていった。


白牛殿に近付けば近付くほど、騒ぐ声は嫌でも耳に入ってきた。

「巨大な象が暴れているらしい」

「国王陛下が人質に取られているそうだ。そのせいで、さすがのクーリッツ将軍も動くに動けないとか……」

異常事態に慌て、怯《おび》える者たちもいれば、ここぞとばかりにヨハンセンへの不満を漏らす者もいる。

「いい気味。十年前、国盗りをした報いでしょう。ユースカリヤ様のほうが、絶対に王に相応しかったのに」

始祖ユリヤの再来と言われていた、眉目秀麗なる優秀な王子を惜しむ声もまだ残っている。

ぶつくさ零す女性を、その友人が声を潜めてたしなめた。

「そりゃそうだけど、今はヨハンセン陛下が一応この国の王だよ？　器の小さい方だし、下手なことを言わないほうがいいよ。放っておけば、こっちにまで被害が及ぶ可能性も……」

あれこれと熱心に話している人々の足元が震え始めた。驚いて見回した彼らの瞳に映ったのは牛、馬、そこに獅子や狼なども入り交じった動物たちの大軍だ。

草食獣と肉食獣が平然と交ざり合った、奇妙な集団だけでも十分目を引く。

しかし、それよりずっと強く大きく、注目を奪う存在が集団の先頭を走っている。

「おい、違うぞ、暴れているのは蛇じゃないか!?」

大きな波のようにうねる白い蛇体が、動物たちの大軍を率いている様を見て大勢がそういう誤解をした。騒ぎになると想定したアンジェリカに言われていたとおり、乗馬したレクシオとフレッドルが口々に真実を伝えて回る。

「違う！　俺たちは王妃アンジェリカの軍だ。国王陛下をお助けするため、蛇神と共に駆け付けたんだ!!」

「そういうこと！　てなわけで、お前さんたちは王宮に近付くなよ。動きがあったらまた知らせるんで、おうちでいい子にしてな!!」

二人の知らせを聞いて、人々は悠々と駆けていく巨大な白蛇の背に乗った影に気付いた。

「えっ、ユースカリヤ様!?」

「違うって、アンジェリカ様だって言ってたじゃない！　そりゃあご兄妹だもの、面影はあるけれど……！」

「ア、アンジェリカ様？　あれ、本当にアンジェリカ様か？　男じゃないか？　それにあの鎧、あれは王家の方だけの……！」

アンジェリカだと言われても、世に知られた置物王妃の姿とは印象が大幅に異なる。

陰々滅々とした湿っぽいカフタンではなく、短い黒髪をなびかせ白い鎧で武装した彼女の姿は噂と違いすぎる。実はユースカリヤが生きていた、と言われたほうがまだ納得しやすいようだ。

「しかもアンジェリカ様、足が悪いんだろう？」

「やっぱりユースカリヤ様よ！　間違いないって!!」

あらぬ方向への誤解が育っていくのもまた、アンジェリカの耳にも切れ切れに届いていた。

久しぶりに聞く兄の名が、家族の仇の背に乗った耳に皮肉に染み込む。

「……まだこんなにも、民衆にも愛されているのね、兄様」

気まずい空気を振り払うように、アンジェリカは独りごちた。カイムが何か言わんとしたものの、何を言っても溝を深めるだけと察し、沈黙を選んでくれたことには気付いている。

宮殿での決戦の可能性を考えて白い鎧を着はしたが、まさか兄と間違われるとは思っていなかった。兄のことを、こんなに覚えてくれているとは思わなかったからだ。

ヨハンセンの治世にも数年ですぐに慣れて、不平を述べながらもそれなりに暮らしていたくせに、とは言うまい。穏やかだが心弱く、流されやすい民を守る。それこそがプラパータ王家の歩むべき道なのだから。

「誤解を解くのはラトゥーを片付けてからにしましょう。さあ行きますよ、カイム!!」

『——ああ』

ユースカリヤ再来を願う人々に妙な期待をさせてしまうのも悪いが、一番大きな問題が片付いてからでなければ説明もしづらい。

まずはラトゥーとヨハンセンをとっちめる。当初の目的に立ち戻った神と人は、一直線に王宮へと進軍した。

第五章　授かりし力

白牛殿は、緩やかなドーム型の建物をいくつか寄せ集めたような形である。その中心にして最大の、宮殿の入り口から謁見の間までを収めたドームの天井に巨大な穴が空いていた。

穴の中で黒い影が暴れ回っている。そこから突き出た長い影は、蛇に似て見えないこともない。

だがその後ろにある丸みを帯びた大きな耳や、全体の体格が、蛇ではなく異様な巨体を誇る漆黒の象であることを示している。その背にヨハンセンが乗っている、というか乗せられているというか、必死でしがみついているのが辛うじて見えた。

『ラトゥーのやつ、だいぶ調子に乗っているようだな』

開けっぱなしで放置されている宮殿の門まで辿《たど》り着《つ》いたカイムとアンジェリカは、足元で「今度は蛇が出た」と騒いでいる兵士をよそに、問題の神の様子を窺《うかが》う。

「ラトゥーとあなたは知り合いなの？」

『知っているが嫌いだ』

「……そう。あなたも、嫌うような相手なの……」

半覚醒の状態でアンジェリカに悪夢を見せ、レクシオとクーリッツの忠誠をもてあそび、本当に目覚めさせてくれたヨハンセンを人質に取り宮殿を破壊して大暴れ。並べて見ると一つもいいところのないラトゥーは、カイムさえも「嫌いだ」と明言するような相手らしい。

「褒《ほ》めるところがなくなっ、えっ、きゃっ、カイム⁉」

不意に足元が揺れた、と思ったら、いつの間にかアンジェリカは人間の美青年の姿のカイムに抱えられていた。「蛇が人間になった」とまた騒ぐ声が聞こえるが、丁度追いついてきたレクシオたちが説明を始めてくれたようだ。

カイムにも姿を変える前に説明してほしかったと思いながら、アンジェリカは彼からさっと距離を取り、この場でもっとも必要な説明を要求する。

「あなた、人間の形を取っても能力に変わりはないの？」

「多少差は出るが、ここで戦うならこのほうが向いているだろう」

「……人や建物を潰さないようにしてくれたのね。ありがとう」

白牛殿は最大のドームに大穴こそ空いているが、完膚《かんぷ》なきまでに破壊され尽くしているわけではない。内部にいた人々も大半は逃げ出しているようだが、ラトゥーの周辺に人影が残っている。

国の象徴である宮殿を無闇《むやみ》に壊すわけにはいかない。国王を守るため、恐怖を乗り越え残ってくれている兵士たちを下手に巻き込むわけにはいかない。

ただの勝利ではなく、王族として勝ち方を選ばねばというアンジェリカの希望を汲《く》んでくれたのだ。

「でも今度から、やる前に説明してくれると嬉《うれ》しいわ。私以外の者にも誤解されないようにね」

気遣いは嬉しいが、言葉で説明する努力も忘れないでほしい。味方のはずの動物たちの不審そうな視線に気付いてほしい。注意を付け加えているところに、付近の混乱を一通り収めたレクシオが近寄ってきた。

「アンジェリカ、俺たちはどうすればいい」

「あなたとフレッドル、それに戦い向きではない動物たちはここに残って。避難する人たちの誘導と、近付こうとする人たちを遠ざけてくれる？」

「分かった」

後方支援のためについて来たことはレクシオも承知している。うなずいた彼は踵《きびす》を返す一瞬、カイムに真剣なまなざしを送った。

「カイム。アンジェリカを頼むぞ」

「貴様に言われるまでもない」

言葉自体はよろしくないが、口調は前ほど鋭くない。及第点ということにしておいて、アンジェリカはカイムと彼の眷属《けんぞく》である蛇たち、それにビートやゼナを含めた十頭ほどの動物たちを連れ、いよいよ白牛殿の敷地内へと乗り込んだ。

「やけに静かね……」

宮殿に近付くにつれ、争う音が聞こえなくなっていった。奇妙な胸騒ぎを覚えながら、アンジェリカたちは半壊した白牛殿の中へと足を踏み入れた。

『やあ、カイム。久しぶりだね』

途端に一帯に響き渡ったのは、頭上の大穴から降り注ぐ夏の日差しのように、陽気で爽《さわ》やかな青年の声だった。戦を好む象の神、という情報からクーリッツのような、渋い武人を想像していたアンジェリカは意外な印象を受けた。

『それに、君がアンジェリカか。へえ、なるほどね……なるほど』

爽やかな声の注目がアンジェリカのほうへと移った。冷たく乾いたカイムとは異なる、気さくな雰囲気を保ったまま、ラトゥーはこう続けた。

『ユリヤの子孫よ。まずは軽く、ご挨拶だよ』

茶でも振る舞うような一言に、かちゃかちゃと覚束《おぼつか》ない金属音が被《かぶ》さった。

最初アンジェリカは、ラトゥーに命じられるまま、緊張しきった誰かが本当に茶でも運んできたのかと思った。しかしひびの走った床の上を、危なっかしい足取りで進んでくるのは、剣を構えた宮殿仕えの兵士たちだった。

「お、お、王妃様、お許し、を……！」

「我らの意図ではありません！　今さらあなたに仇《あだ》なすなど、なんの意味も……!!」

あ然とするアンジェリカを見つめる兵士たちの顔からは、置物とはいえ王妃相手に剣を向ける無礼に血の気が引いて青い。恐縮しきった顔色や声音とは裏腹に、彼らは震える切っ先をアンジェリカたちに向けて近付いてくる。

「ラトゥー、なんと卑劣な真似を……！」

思わずかっとなったアンジェリカに、カイムは少し考えてから提案した。

「とりあえず殺すか？」

「だめに決まってるでしょ！　やる前に聞いてくれたのは褒めてあげます！」

カイムが断られたのを聞いて、動物たちもだめなのか、という表情で攻撃に移るのをやめた。

アンジェリカを守ろうとしての行動なのは分かっているが、血の気の多さに苦笑するしかない。

幸か不幸か、周囲の物騒な反応によって瞬間的に頭に上った血も下がった。意識して大きく呼吸したアンジェリカは、冷静な眼《め》で迫り来る兵士たちを観察する。

明らかに本意ではなさそうな様子ではあるが、完全武装した王宮勤めの兵士だ。体当たりされただけでも大怪我《おおけが》をさせられる可能性がある。殺したくはないが、無力化はしなければならない。

「ラトゥーは他人の体を操る力を持っているようね。カイム、あなたの能力で解除するとか、相殺するようなことは可能？」

他人の記憶を操作できるカイムだ。その実体である、蛇の離宮にも収まりきらないような巨大な白蛇の姿も先程、初めて見たばかりである。

これだけの威容を誇る神なのだ。記憶操作以外のことも可能なのかもしれない。一縷《いちる》の望みを掛けて、アンジェリカは尋ねた。カイムも眉根を寄せ、真摯に考えてくれたようだ。

「お前たちの肉体の保護はできるが、すでにかかっている奴《やつ》の解除か……試してみてもいいが、どこかが破裂するかもしれん」

「じゃあやめて！　みんなも、できるだけ気絶させる程度に留《とど》めて!!　彼らもこの国の民なのですから!!」

勝手にやる前に聞いておいて良かった。自らの先見の明に感謝しながら、アンジェリカは全員に向かって釘《くぎ》を刺した。

幸い、ラトゥーの能力は範囲が広いせいか、精度があまり高くないようだ。そして相手は反乱が終わって十年、王宮勤めなだけあって練度は高いはずだが、実戦経験の少ない兵士たちである。

武器を落としてしまえば、そこまで手強《てごわ》い敵ではなかった。元より一対一で動物に勝てる人間は少ないのだ。足元をちょろちょろ走り回り、動揺を誘う黒蛇たちもいい仕事をしてくれた。

「も、申し訳ありません、本当に申し訳……」

「分かっています、あなたたちの真意ではないと！　この件で一切咎《とが》める気はありませんから、安心しなさい。その分はラトゥーにぶつけます!!」

手首を蹴飛ばし剣を奪った兵士を、彼が身に着けていた幅広のベルトを拝借して縛り上げながらアンジェリカは力づけた。

残りの兵士も気を失うか縛られるかしている。もっと奥に進もう、と言おうとしたアンジェリカの耳に、新たな足音が聞こえてきた。

「新手!?　無駄ですよラトゥー、もう時間稼ぎに付き合うつもりはありません！　カイム、行きましょう」

同じ手は食わない。ビートやゼナに目配《めくば》せしてこの場を任せ、ラトゥーたちのところに進もうとしたアンジェリカの、治っているはずの足が凍り付いた。

「ア……アンジェリカ、様……」

五人の兵士を率いてその場に現れたのが、土気色の顔をしたクーリッツだったからである。

「申し訳、ありません……あなたの真意にも気付かず、愚かな真似を……」

苦渋に満ちた表情から漏れ落ちる言葉は、十年前から続く後悔を煮詰めた色をしていた。

「それどころか、此度《こたび》も陛下をお止めできず……ま、まことに……まことに、老醜と恥を重ねるばかりで……！」

「クーリッツ！」

ヨハンセンの反乱に加担したことを悔い、今度はレクシオと共にアンジェリカに味方しようと計画していたクーリッツである。

計画が失敗したばかりかヨハンセンに利用され、ヨハンセン自身がラトゥーの人質に取られてしまった。その挙げ句、自身の剣をアンジェリカに向ける羽目に陥った。

愚直なまでに真面目な老将軍には、耐えられない屈辱の連続だ。放っておけばラトゥーの支配が解けた瞬間、自害を選びかねないと直観したアンジェリカは、懸命に彼のせいではないと説得する。

「いいのです、あなたはその忠義に厚い性格をヨハンセンに利用されただけ！　まして今回は、なんとかいう象に操られているだけでしょう……!!　今解いてあげます、勝手に死んだりしたら絶対に許しませんよ、師匠!!」

クーリッツが連れてきた兵士は動物たちに任せ、アンジェリカは師と相対した。カイムはアンジェリカの意を汲んで、彼女の後ろに控えている。

兵士たちとクーリッツでは経験に差がありすぎる。ラトゥーの操作に本人が抵抗しながら戦っている状態とはいえ、そう簡単には倒れないだろう。

あまり手加減していては、こちらが危ない。

かといってカイムに直接戦わせると、なまじクーリッツが老練な戦士であるだけに事故が起こる可能性がある。アンジェリカの悩みはカイムにも伝わっていた。

「お前が相手をしても、そうだろう」

「……分かっています。万一のことがないよう、がんばります！」

アンジェリカが致命傷を受けるような事態となれば、カイムは容赦なくクーリッツに神の怒りを食らわせるに違いない。後方から漂う蛇の気配に圧力を感じながら、アンジェリカはクーリッツに斬りかかった。

激しい金属音が鳴り響く。純粋な腕力は若い兵士のほうが上かもしれないが、蓄えられた技巧は比べものにならない。

常に死角へと回り込む剣先を、だがアンジェリカはなんとかしのぎ続けた。レクシオたちとの鍛錬の上に、カイムとの手合わせを積み重ねていたおかげだろう。

「お、おお……さすがアンジェリカ様……！」

数合《すうごう》斬り結ぶまではひたすら申し訳ない、という顔をしていたクーリッツが、何度斬撃《ざんげき》を浴びせても耐える弟子の姿に瞳を輝かせ始めた。

先日もカイムに激昂《げきこう》し、途中でクーリッツと揉《も》み合《あ》いになってはいたが、怒りによる一過性の力だと思われていたかもしれない。レクシオからアンジェリカの置物ぶりは見せかけと聞いてはいようが、その実力を目の当たりにするのは十年ぶりなのだ。

「そこだ、行け！」

「クーリッツ、もういいんだ、後はアンジェリカに任せろ！」

クーリッツが連れてきた兵士たちを縛り上げ終えたビートとゼナが、棍棒《こんぼう》を振り回してアンジェリカを応援している。声援に応えるように、アンジェリカは剣を握る手に力を込めた。

「ゼナの言うとおりよ。休んでいなさい、クーリッツ！　後は私たちに任せて!!」

気合いと共に踏み込んだアンジェリカが、剣の柄《つか》でクーリッツのみぞおちを突いた。ぐお、とくぐもったうめきを上げたクーリッツの手から武器が転がる。

「見事」

本気で感心した様子のカイムも見守る中、クーリッツの膝が崩れた。

「お強く、なられ、て……ご家族も、きっとお喜びに……」

意識を失い、倒れる直前のクーリッツは感慨深そうでさえあった。そこだけは救いだが、卑劣なる象神への怒りが減ったわけではない。

ラトゥーは兵士やクーリッツにアンジェリカたちを排除できる、と思って差し向けてきたわけではあるまい。

双方の心身に負担をかけ、いたぶる。そのためだけの行為だったのだ。

「ラトゥー、絶対に許さない……！」

『ふうん、どうやって？』

クーリッツの尊厳を踏みにじってなお、妙に爽やかな声が地響きと共にあたりを震わせた。天井の破れ目が広がり、ぱらぱらと落ちてきた破片が、隅のほうに寄せられた兵士たちの体の上で跳ねる。

差し込む光の量が増えたと思った次の瞬間、巨大な影があたりを覆った。壊れたドームに成り代わろうとするほどの高さに達する黒い象が、奥からぬっと顔を出したのだ。

『早くこっちにおいでよ。君と戦うなら、ここが最適だ。そうだろう？　アンジェリカ』

金で隈取《くまど》りされた艶のない黒い双眸《そうぼう》が、じっとアンジェリカを見下ろしている。何かが吸い取られていくような寒気を堪《こら》え、負けずににらみ返すと、象の長い鼻が高く掲げられた。

高価な生地がアンジェリカの肌を覆っていく。滑らかな肌触りが、遠い記憶を無理矢理こじ開けられる悪寒《おかん》を上回る。

兄の形見である白い鎧。それが袖口に精緻なアイモクセイの縫い取りをされた、白いカフタンに変わっていた。

『そして君は、その格好でないとね』

隈取りされた象の眼がアンジェリカを見下ろして笑う。嘲笑《ちょうしょう》を響かせて、ラトゥーの頭は引っ込んだ。

因縁の場所である、白牛殿の謁見の間へと。

声もなくラトゥーを見送ったアンジェリカの手から剣が落ちた。膝が震え、目眩《めまい》がする。清らかな白と青しか存在しないはずの袖口が、幻の赤に浸食されていく。

「アンジェリカ！」

カイムの一言ではっと我に返ったアンジェリカが次に見たものは、やにわに服を脱ごうとしているカイムだった。

「ひゃあ⁉　カイム、何をしているの⁉」

驚きすぎて膝から完全に力が抜け、その場にへたり込んでしまったアンジェリカにカイムは事もなげに応じた。

「着替えがいるだろう」

即物的なその一言に、アンジェリカは彼の目的を、気遣いを、悟《さと》った。

「……いいえ。大丈夫、私は大丈夫よ、カイム。だからビートとゼナもいいの、ちゃんと服を着ていて」

カイムに対抗してか、シャルワールを脱ぎかけていた猿たちをアンジェリカは苦笑しながら止めた。まだ細かく痙攣《けいれん》している指先で床を探り、取り落とした剣を掴《つか》んで慎重に立ち上がる。

驚きと驚きが短時間でぶつかり合ったおかげか、震えも目眩も遠ざかりつつあった。

カイムも特別な白いカフタンを着たアンジェリカを見ているはずだ。……あの日、謁見の間で流された血の大半は、彼の力によるものなのだから。

だからこその気遣いなのだろうが、今のアンジェリカには必要ない。

「……大丈夫よ。これは兄上の鎧を変化させたものかもしれないから、無下にはできないし。それに……今度はあなたが、味方ですものね」

あの時とは違う。頼もしい味方もいるし、アンジェリカ自身も成長しているはずだ。

「上等じゃないの。今度はラトゥーの血でこの服を染めてやる！」

雄々しく宣言したアンジェリカは、剣を握り直すと宮殿の奥に向かって歩き始めた。


ヨハンセンの反乱の際、あちこち破壊された謁見の間だが国内外の客人が王に目通りを願う場所だ。すぐに再建され、以前よりも一層豪華に、きらびやかに、鮮やかなるプラパータに相応《ふさわ》しい色彩で飾り立てられている。

再建に伴い、国を象徴するアイモクセイが何本か部屋の中に植えられた。水を供給するための小川まで引かれている。本格的な開花は秋に入ってからのはずだが、ちらほらと小さな青い花が咲き、爽やかな香りを放ち始めていた。

「……間近で神気を浴びたのも、原因の一つかもね」

低くつぶやいたアンジェリカは慎重に剣を構えたまま、なぎ倒されたアイモクセイの一本を踏み込えて謁見の間の中央へと進み出る。立派な玉座をおもちゃの椅子に変えてしまう漆黒の巨体、長期にわたりアンジェリカを苦しめてきた悪夢の根源は、彼女を見つめてうっすらと笑った。

「あなたが、ラトゥー……」

ここの天井の穴が一番大きいのだ。降り注ぐ陽光を浴び、黒い象の全身は禍々《まがまが》しく輝いている。

『そうだよ。ああ、やはりその格好が似合うね、可愛《かわい》いお姫様』

存在だけはカイムより前から感じていた邪神。声だけは妙に爽やかな印象だったが、実物を前にすると改めて戦慄を覚えた。

「カイム!!」

体感温度が下がるような恐怖に足を止めたアンジェリカの頭上を飛び越え、上ずった声がカイムを呼んだ。

「よく来てくれたな、我が友よ！　早くこの役立たずの恩知らずを倒せ……うわあっ!?」

玉座にかけたラトゥー、その首の後ろに乗せられたヨハンセンだ。カイムを見た瞬間に空気を読まない叫びを上げたが、ラトゥーが軽く巨体を揺すった瞬間に滑り落ちそうになり、無様にもがいた。

『うるさいなあ』

くるりと曲げた鼻の先で、ラトゥーはヨハンセンをつつく。のどかなやり取りと言えなくもないが、あの鼻で延々と締め上げられてきたアンジェリカにとっては苦痛を連想させる光景でしかない。

『目当ての二人が来てくれた段階で、君の価値は大幅に下がっているんだ。僕の背でおとなしくしておいで、国王陛下』

「ぐ、ぐ……」

ちょい、ちょいと鼻先で押されるだけで、ヨハンセンも身を縮めて押し黙った。ラトゥーを完全に目覚めさせた彼もまた、筋肉の束でできているこの鼻で痛い思いをさせられてきたのだろう。

「なぜそんな男の呼びかけに応じた、ラトゥー」

一応友と認めているはずのヨハンセンを、カイムは「そんな男」と断じた。

『その言葉、そっくり君に返すよ、カイム』

穏やかで優しいのに、どこか癇《かん》に障《さわ》る忍び笑いを含めてラトゥーも嘲《あざけ》り返す。ヨハンセンは何か言いたそうな顔をしたが、脅しつけられてすぐということもあって黙っていた。

「……そいつがプラパータ王家の血を引く者だからだ」

ちらりとアンジェリカを見てからカイムが言うのを聞いて、ラトゥーもアンジェリカに視線を向けた。

『なるほどね。でも、もっと血が濃い子がいたから、そっちに鞍替《くらが》えしたわけだ。じゃあ、もうヨハンセンは要らない？』

「そうだな」

「要りますよ、一応！」

流れでラトゥーが本当にヨハンセンを始末する気配を感じ取り、アンジェリカは慌てて口を挟んだ。

「アンジェリカ……！」

意外な助太刀に、ヨハンセンは柄にもなく感動を覚えたらしい。

「信じていたぞ、我が王妃よ。オリガはさっさと逃げたらしいが、まさかお前がカイムを連れて戻ってきてくれるとは！　つまらない女だとばかり思っていたが訂正しよう。お前は強く美しく、何より私を愛してくれている……！」

「平時にはそいつ程度の俗物に玉座を温めさせておくのが一番いいの！　要らないのは平時にわざわざ乱を起こす神ラトゥー、あなたです！」

夫の身勝手な感激を無視して、アンジェリカは吠《ほ》えた。威勢の良さに、ラトゥーが興味深そうに耳をぱたぱた動かす。

『へぇえ、カイムが鞍替えするわけだ。僕も思わず、味見しに行っちゃったぐらいだしね』

幾度となくアンジェリカに巻き付け、全身を軋《きし》ませてきた鼻と前足をラトゥーは高々と持ち上げた。急な坂と化した背中から落とされそうになったヨハンセンの悲鳴は、嬉々《きき》としたラトゥーの叫びに上書きされる。

『生身を踏み潰せる機会を、ずっと愉《たの》しみにしていたんだ。さあおいで、僕のアンジェリカ！』

「オレのだ」

一気に沸騰しかけた場の空気を冷やすように、カイムが間髪容れず言い放った。

白牛殿最大のドームの天井は完全に崩れ去り、夏の日差しが神と人と動物たちの争いを鮮やかに照らし出している。

「もうやめろ、ラトゥー！　止まれ!!　止まってくれ!!　これ以上やったら、本当に私の宮殿が壊れる……!!」

巨大な足で床を踏みしめ、鞭《むち》のようにしなる長い鼻で縦横無尽にあたりをなぎ払いながらラトゥーは暴れ続けている。その背に乗せられている、というよりラトゥーの力でくっつけられていると思われるヨハンセンの悲鳴を聞きながら、鼻の殴打を打ち払ったカイムが尋ねてきた。

「壊してもいいのなら、もう少し楽に戦えるのだが」

「そうだろうけど、できるだけ壊さないで……！」

ラトゥーの攻撃が止まった隙にすかさず剣で斬りかかり、尻尾にひっぱたかれそうになって転がったアンジェリカがカイムを制した。そうしながら、壁際に寄ったビートとゼナに目配せする。

「ええ、大丈夫。ここは私たちに任せて、兵士たちと一緒に撤退して！」

「……キッ」

悔しげに鳴くビートもゼナも猿の姿に戻って善戦してくれていたが、主に盾の役目を引き受けていた茶褐色の肉体はあちこちが血に染まっていた。かえって足手まといになると判断した彼らは、他の動物たちやラトゥーが操っていた兵士たちを連れて宮殿の外に去った。

『思ったより、つまらない展開になっちゃったなあ……』

人数は減ったものの、どこかふて腐れたようなラトゥーの独り言が、場の膠着《こうちゃく》状態をよく表している。

ラトゥーは別に宮殿の破壊をためらっているわけではないが、一帯を破壊するような強力な攻撃をしようとすれば、神にも力を溜《た》める必要がある。主にカイムがその暇を与えず、また彼自身も宮殿丸ごと吹っ飛ばすような戦法はアンジェリカに止められている。

結果として双方、決定打を与えられないまま、じりじりと時間だけが過ぎていく。漆黒の肌のため分かりにくいが、細かな傷を無数に負ったラトゥーがさも悲しげな声を出してみせた。

『二対一だよ？　しかもこっちは、足手まといつきだ。卑怯《ひきょう》だとは思わないの？』

「兄様の鎧を奪っておいて……あなたが先にクーリッツたちをけしかけてこなければ、少しは良心に堪《こた》えたかもね!!」

足手まといが不要であれば放り出せ、と言いたいところだが……と、言いよどんだアンジェリカの内心をカイムが読んだ。

「面倒だな。ヨハンセンごとやってしまうか」

「それも最後の手段にして！」

ラトゥーも言っていたが、ラトゥー自身はヨハンセンに価値を見出《みいだ》していない。カイムとアンジェリカを呼び出すための引換券に過ぎない。

そしてアンジェリカたちにとっても、ヨハンセンの無事は必須条件ではない。

アンジェリカは今でもヨハンセンのことを嫌っており、カイムが彼に感じている友情も絶対のものではないようだ。王としても余計なことをせず、玉座を温めておいてくれるだけの凡俗なら候補はいくらでもいる。

それでも一応、ヨハンセンも血縁者ではあり、アンジェリカにとって唯一の家族ではあるのだ。

「……そうだったな」

アンジェリカから家族を奪ってしまった事実に思い当たったのだろう。カイムの声音が少しだけ沈んだ。

「ちょっと、私の家族のことであなたが落ち込まないで！　そのこと自体で傷付いているわけでもないくせに……あっ、ごめんなさい」

微妙にしゅんとしたカイムに、アンジェリカが言い過ぎたと謝る。

『一生懸命がんばってる僕の前で、悠長な会話をしないでくれる？』

ますます悲しげに振る舞ってみせるラトゥーであるが、今度は口だけではなかった。

天を覆っていた巨体が、急激に縮んでいった。陽光を遮るものがなくなり、突然明るくなったので、アンジェリカは思わず何度も瞬《まばた》きをした。

「おわっ⁉」

ラトゥーの上に乗っていたヨハンセンは今度こそ床に落下しそうになった。しかし彼の手足はまるで別人のように巧みに動き、空中でくるりと一回転して華麗な着地を決めた。

「えっ、な、なんだ、なんだ……？　誰だ、貴様……？」

兵士たち同様、肉体を操られているヨハンセンは、そこだけ自由な首を動かして隣に立った人影を見つめる。

「あーあー。いいやもう、やめやめ」

なげやりに手を振る動作に、長い黒髪が続く。豪華絢爛《けんらん》なカフタンとシャルワールが空気をはらんで揺れる。ゆったりした作りの、プラパータの伝統的な衣装がよく似合う、美しい青年がそこに立っていた。

「……ラトゥー？」

「そうだよ、アンジェリカ」

人を逸《そ》らさぬ笑みを浮かべ、ラトゥーは象の時と同じく、金の隈取りをされた黒い瞳でアンジェリカを見やる。身にまとう色彩はカイムの反対なのだが、どこか彼と通じる「ひとでなし」の雰囲気を漂わせていた。

「分かったよ、もう暴れるのはやめる。ヨハンセンも返すから、君だけこっちにおいでよ。僕、君とちゃんとお話ししてみたかったんだ」

笑顔で差し招かれたアンジェリカは露骨に渋い顔をした。

「……私が近付いたら、操る気でしょう」

「したくてもできないよ。カイムが邪魔してる」

先の兵士たちやヨハンセンのように、ラトゥーの支配が先に及んでいれば操作は可能だったのだろうが、アンジェリカにはカイムが付いている。操る気があるのなら、戦っていた段階でやっていただろう。

そうは思うが、疑いが消えるはずがない。

「カイム、あいつの心は読めない？」

「もっと格の低い神なら読めるかもしれんが、あれは無理だ」

同類だろうと水を向けてみたものの、あっさり断られてしまった。

「……そう」

彼の答えを確認したアンジェリカは一歩、ラトゥーに向かって踏み出した。

「ヨハンセンも、傷付けたりしないわね？」

「もちろん。僕を信じてよ、アンジェリカ」

「お、おい気を付けろよアンジェリカ、慎重にな！」

空々しく聞こえていると、ラトゥーも承知の上で言っているに違いない。まだ着地した時の姿勢を保っているヨハンセンは保身に必死だが、彼を守るためにもアンジェリカはラトゥーの要求を飲まねばならない。

緊張に強張《こわば》った彼女に、どこか平面的な笑顔でラトゥーは甘い声をかける。

「君のほうが血が濃い分、ヨハンセンより遙《はる》かに惹《ひ》かれるものを感じるんだ。望むなら、僕は君の従者になってもいい。あのカイムさえ、君に夢中のようだしね。だから、さあ、剣なんかしまって」

「……分かりました」

ずっと構えていた剣を鞘《さや》に戻したアンジェリカは、丸腰でゆっくりと距離を詰めていく。その眼は油断なくラトゥーを見据えていた。

が、あと十歩で彼の前に立つ、というところで、にわかにヨハンセンが真横に向かって駆け出した。

「ヨハンセン!?」

「違う！　か、体が、勝手に……!!」

ヨハンセンにも逃げ出したい気持ちはあっただろう。逃げ出せて嬉しい気持ちもあったかもしれないが、体を勝手に使用される恐怖がそれに勝るようだ。顔を引きつらせながら、彼は全力でラトゥーから離れていった。

『なーんてね！』

ぱあ、と輝くような笑みに顔をほころばせたラトゥーの体が、降り注ぐ夏の日差しを吸収したかのように再び大きくふくらんでいく。

『生憎《あいにく》と僕は、神に逆らう生意気な人間が大嫌いなんだ。さあ今度こそ、現実で君をぺしゃんこにしてあげるよ！』

明言したように、ヨハンセンは傷付けない。そう言いたげな調子で、象の姿を取ったラトゥーは太い足を振り上げてきた。

その足は宮殿を支える柱と同じぐらいの直径と質量を持つ。これを至近距離から振り下ろされれば、誰であろうと圧死するしかあるまい。ましてアンジェリカは鎧も取られてしまっている。

だがカイムは動かず、アンジェリカも特に慌てない。

「そんなことだろうと思っていました」

剣を鞘に収めたため、自由になった右手を彼女は毅然《きぜん》と振り上げた。その眼はラトゥーよりさらに高い、澄み渡った青空の彼方《かなた》を見上げている。

「感謝します、ラトゥー。空が見えやすくて、丁度いい」

そしてアンジェリカは、掲げた拳をいつかのように強く強く、握り締めた。

時は少し前に戻る。白牛殿から絶え間なく響く地鳴りに震えながら、プラパータの民は息を詰めて状況を見守っていた。

「あれ、黒い象が消えたぞ。終わったのか⁉」

「白い蛇は味方らしいけど、どこに行ったの？」

「やはりあの反乱は間違っていたんだわ。今からでも遅くない、逆賊ヨハンセンの首を世界を維持する神に捧《ささ》げよ‼」

「ユースカリヤ様が生きていたとはどういうことだ⁉」

錯綜《さくそう》する情報に、身分や立場関係なしに人々は右往左往している。アンジェリカに味方して付いてきたレクシオたちも同様だった。

「ビート、お前らも戻ってきたのか⁉　くそ、その姿じゃしゃべれねえな……！」

とにかく近付くな、の一点張りで白牛殿を包囲しているレクシオは、気絶した兵士たちを抱えて退避してきた動物たちを迎え入れながら頭を抱えている。兵士たちはどう見ても王宮の者たちであり、下手に気付けしてしまうと抵抗される恐れがある。

だが宮殿に到着して以降の情報が得られていないレクシオたちにとって、アンジェリカたちがどうなっているかは知りたいのだ。ビートたちに人間の姿を取って話してほしいところだが、手傷を負っている彼らに無理をさせるのは如何なものか。

迷うレクシオの腕をゼナが引っ張った。何事かと見やれば、獅子《しし》の背に背負われた、一際立派な鎧姿の戦士が運ばれてきたのだ。

「クーリッツ将軍!?　しっかりしてください！」

一般の兵士たちの立ち位置は判別できないものの、クーリッツなら少なくともアンジェリカの敵に回ることはあるまい。そう判断したレクシオにフレッドルもうなずき、持参の気付け酒を嗅がせた。

「……っ、お、お前たち……アンジェリカ様に付いて来たのか……？」

「後方支援を仰せつかってましてね。納税代わりです」

納税とは無縁の流れ者の冗談に苦笑いしたクーリッツは、軽く咳払《せきばら》いしてから宮殿のほうを見た。あちこち負傷しており、肉体的な疲労は激しいようだが、蘇《よみがえ》った生気が彼をいつもより若くさえ見せていた。

「大丈夫だ。アンジェリカ様とカイム様に任せておくがいい。彼らなら、ラトゥーにもきっと勝てる」

「俺もそう思っちゃいるが、じゃあこれで終わりか？　例のでかい象は、姿が見えなくなったが……」

内部で戦ってきたらしき彼の言葉だ。ラトゥーの姿も見えなくなった折であり、安心していいのかもしれないが、レクシオは不安を拭えない。

周囲の実力が高すぎてどうしても見劣りしてしまうが、レクシオもアンジェリカに付き合って十年間、たゆまぬ鍛錬を続けてきたのだ。

戦士の勘が告げている。この距離からもはっきり見える象の巨体こそ消え失《う》せたかのようだが、ラトゥーは去ってはいないと。

「あっ、またあの黒い象が出てきたぞ！」

レクシオの予想は当たった。悲鳴じみた叫びが聞こえたと思ったら、黒い巨体がむくむくとふくらみ、ドームの裂け目から出現したのだ。

全てを嘲笑うように持ち上がった長い鼻の先は、次の瞬間薄闇に隠された。

突如として空が翳《かげ》ったのだ。半壊した白牛殿の上空だけに集まった黒雲から、光の矢が射出される幻をレクシオは見た。

「うわあっ!!」

「か、雷……!?」

どよめく民衆と同様に、フレッドルさえ頭を庇《かば》いながら眼を丸くしている。

「な、なんだありゃ!?　蛇神兄さん、あんなこともできるんで……？」

逆らわないで良かった。胸を撫《な》で下《お》ろすフレッドルに、レクシオはあっという間に晴れ渡った空を見上げて首を振った。

「いや……違う」

その足元でクーリッツと大勢の動物たちが、畏怖と歓喜の入り交じった表情で平伏していた。レクシオも感に堪えないという表情で、それに続いた。

陽光を遮っていたラトゥーの巨体は倒れ、活躍を終えた雷雲も散っていった。

明るい日差しの中でそれらを確認したアンジェリカは、血塗《ちまみ》れの右腕を抱え込むようにしながらその場にくずれおちる。白いカフタンは真っ赤に染まり、袖口のアイモクセイは布ごと弾《はじ》け飛《と》んでほとんどが消えていた。

「あっ、つ、つつ……」

「アンジェリカ！」

青白い顔をなお白くしたカイムが駆け寄ってくる。彼にしては珍しく、眉間にしわを寄せた真剣な表情に、アンジェリカは力なく笑ってみせた。

「大丈夫……よ。私の怪我は、治るから……」

「治るだろうが、痛むだろう」

「決まってるでしょ、中から破裂してるのよ……？」

おっしゃるとおり、とうなずいたアンジェリカは、出血こそないものの痺《しび》れてしまっている左手をのろのろと上げた。割れた床に倒れて動かないラトゥーを指し、頼む。

「それより、私の負傷が無駄にならないよう、そいつをもう一度眠らせてくれる……？」

雷の一撃を食らい、伏したままのラトゥーの意識はないようだが死んだわけではない。

褒めるところのない邪神ではあるが神は神だ。殺すのはまずいだろうし、そもそも殺せないのかもしれない。

だから以前と同じように、眠りで封じてほしい。アンジェリカの頼みを聞き入れ、カイムは瞳を赤々と輝かせた。

ラトゥーはびくり、と巨体を震わせた。長い鼻の先がわななき、今一度アンジェリカを苦しめてやろうとばかりに持ち上がる。

抵抗はそれで終わった。漆黒の象神の全身は霞《かすみ》がかったように薄れていき、やがて周りの景色に紛れて消えていった。

「やはり形を変えていただけか。血止めしてやる」

ラトゥーの封印完了と同時に、アンジェリカの衣服は血染めのカフタンから血染めの鎧へと変化していた。

「……ありがとう。お揃《そろ》いね」

一仕事終えたカイムが、黒衣の裾を裂いたものでアンジェリカの右の二の腕を巻いてくれる。

パルタに食べさせなくて正解だったと思い出し笑いをしながら、アンジェリカは聞いた。

「分かっていた、という顔ですね」

「『神授の秘儀』ではないようだな」

「直接の使用ではないはずよ。先祖返り、というやつじゃない？　……始祖ユリヤ様は、一説には嵐を操る神の子を授かったらしいし」

　建国神話の時代は過ぎ、プラパータ王家は神々へ過度に頼ることをしなくなった。そのため、「神授の秘儀」によって直接神の血を王家に取り込むこともしなくなった。

　しかし今でも時折、アンジェリカのような者が生まれるのだ。王族の中に織り込まれた神の血が、甘く香り立つような存在が。

「神の血が濃く出たのか。それゆえに、かなりの深手だったと聞いていた足の怪我も、治ったというわけだな」

「そういうこと」

　十年前、反乱が成功した際にヨハンセンの命令で足を斬りつけられた。

　その際にアンジェリカが負わされた怪我は確かに深く、神経にまで達していた。現在でもなお杖《つえ》にすがらねば歩行が難しい、完治しない傷だと思われていて当然だった。

　しかし実際には、彼女の怪我は数ヶ月も経《た》たないうちに神経も含めて完全に治っていた。何年も部屋から出ずに泣き伏せていたせいで、なまった筋肉を取り戻す必要はあったが、それもまた常人にはあり得ない速度で回復していたのである。

「お前自身も、自らの能力を知らなかった……というわけではなさそうだな。隠していたのか」

「……そうするように言われていたの。神々の力に頼りすぎない、それが現在のプラパータ王家の守るべき立場ですから」

「神授の秘儀」を使ったわけでもないのに生まれた、神の如《ごと》き力を持つ王女。彼女に両親は慎重に言い聞かせた。

お前の力は人間が行使していい範囲を超えている。この力に甘えれば、いつかは周囲もお前自身も傷付いてしまう、と。

愛する両親の言葉を素直に守ったアンジェリカは、勉学と武芸には励んだが、神授の力はほとんど磨かなかった。……そのためヨハンセンが挙兵した際も、八歳の少女にしては優れている以上のことができず、呆気《あっけ》なく父母と兄を殺されてしまった。

「我が友はつくづくと愚かな男だ。この十年、気付く機会はいくらでもあっただろうに」

「そうね。まともな愛情のある夫なら、きっと良いお医者様を世話してくれて、そこからバレたでしょうね」

幸いにヨハンセンはアンジェリカを蛇の離宮に閉じ込めたきり、生きてさえいれば構わないと放置を決め込んでいた。そもそも逃げられないよう、深手を負わせたのは彼である。

ヨハンセンの手下である使用人たちは一応医者を呼びはした。だが、アンジェリカが医者にも誰にも会いたくないと突っぱねると簡単に諦めてしまった。

そのうち部屋から出てきたアンジェリカ自身が、使用人たちを体よく追い払った。足を引きずり歩く、哀れな様さえ定期的に宮殿に見せに行けば、疑われることもなかったのである。

「あなたはやっぱり、すぐ気付いたわね。かなり前から、何かあると思っていたでしょう」

「ああ。オレを雷で撃とうとしたことが、何度かあっただろう」

――幼いあの日、両親の言うことを聞かずに天より授かった力を育てていれば、カイムとヨハンセンに雷を食らわせて家族を守れたのだろうか。埒《らち》もない後悔も、きっとカイムにも伝わっているだろうと考えながらアンジェリカはただ微笑《ほほえ》む。

「バレているだろうな、とは思っていましたよ。黙っていてくれてありがとう」

カイムが仇《かたき》と知った際の暴発が一番分かりやすかっただろう。それより前、初めて会った際から、「お前はオレには勝てん」などと忠告は受けていた。

彼と最初に武道場で手合わせをした際も、力の差を見せつけられたアンジェリカは反射的に神の力に頼ろうとしてしまった。

そのためにカイムも手加減を忘れそうになり、自身を抑え込みきれずに怪我を負った。この力に甘えれば、いつかは周囲もお前自身も傷付いてしまうという両親の忠告は正しかったのだ。

「アンジェリカ。オレは」

はっとしたように何か言おうとしたカイムを、アンジェリカはいなした。

「だからこの先も、私に調子を合わせてくれると嬉しいわ。というか、宮殿を去るまで黙っていて」

唇の前に指を立て、アンジェリカは軽くあごをしゃくる。直撃は避けられたとはいえ、至近距離での落雷に眼を回していたヨハンセンが起き上がろうとしているのだ。


「う、うう……今のは、一体……」

何がなんだか分からない様子のまま、ヨハンセンは付近の壁にすがって立ち上がった。ふらつきながらあたりを見回している。

彼がラトゥーに操られるまま、全力疾走していくところまではアンジェリカも覚えている。直後にラトゥーが本性を表したのでそちらに集中したが、ヨハンセンは多少あざを作っているぐらいで命に別状はなさそうである。壁にぶつかったか、アンジェリカの放った雷による衝撃を食らったか、どちらかによって気を失っていただけだろう。

「アンジェリカ!?　なんだ、斬ってやったのは腕だったか……?」

右腕に血をまとわせたアンジェリカを視認した瞬間、ヨハンセンは額を押さえてわめき出した。記憶が混濁しているようだ。休んでいたほうがいいのでは、と考えているアンジェリカに彼は上ずった声で質問を飛ばした。

「ラ、ラトゥーはどうなった⁉」

「えー……ラトゥーはどうやら、天の怒りに触れてしまったようですね」

どこかの蛇神のようにアンジェリカはとぼける。不器用な血止め布では収まらず、だらだらと流れ続けている血にはもう眼もくれず、ヨハンセンは王妃の顔をにらみつけた。

「天の怒り……だと。あまり私を馬鹿にするなよ、アンジェリカ」

無能な人質としてだが、ヨハンセンもずっとこの場にいたのだ。舐《な》めるなとばかりに、彼は精一杯格好をつけて叫んだ。

「神に対抗できるのは神だけだ！　カイム、何《なに》も彼《か》も貴様の仕業だな⁉　クーリッツやラトゥーを、その置物がどうにかできるわけがないんだ‼」

お見通しだぞ、と見つめた先にあるのはカイムの青白い美貌だった。薄い唇から、いっそ感心したような声音が漏れる。

「なるほど、お前は本当に面白い男だな。あの象と一緒に片付けなくて良かった」

「とぼけるな！　私には分かっているのだぞ、カイム‼」

「そうね、神に対抗できるのは神だけね。カイムは黙っていてね」

ほとんど幼児をあやすような気持ちでアンジェリカは相槌《あいづち》を打った。ちょっと予定と違う展開が挟まったが、アンジェリカの能力がバレていなければ問題ない。

「とにかくです。ヨハンセン、これで分かったでしょう。神は気紛《きまぐ》れで、無闇に頼れるものではないのです」

「だ……だからなんだ。蛇神の偏愛を笠《かさ》に着て、私の玉座を奪う気か……!?」

「違います。今さら私のプラパータを取り戻す気はないの」

部分的に言い直しはしたが、アンジェリカはヨハンセンが心配しているような真似をする気はないのだ。露骨にほっとした様子の彼に、間を置かず付け足す。

「これからも表向きは『置物王妃』として、いない者のように振る舞ってあげましょう」

王妃に相応しい生活とやらをしたいわけでもない。むしろ、可能であればヨハンセンの妻の座など返上したいぐらいだ。

「ただし、第一とするべきは民の安寧です。ヨハンセン、あなたが二度と勝手に神の眠りを解いたりしないよう、陰から見張らせてもらいます!」

力の根源が誰かは置いておくにしろ、ヨハンセンの前で大いなる能力を見せてしまったのだ。彼に対しては無害な置物ぶりっこもできない。

だいいちアンジェリカも、カイムに懲りずラトゥーまで呼び覚ましたヨハンセンを放置はできない。無能な働き者には見張りが必要なのだ。

「必要とあらば、びしびし口出しもしていきますから覚悟していてね。今度はあなたが置物になる番ですよ、陛下」

実情はこれまでも似たようなものだったが、眼の前で言い渡してやるとかなり胸がすいた。

いい気分のまま、アンジェリカは最初の口出しを行った。

「早速ですが、二度とチャンダナは使わないで。前から言おうと思っていたけど、あの清潔で高雅な香りはあなたには相応しくない」

「はっ!?　な、なんだと、そんなことをお前に命じられる筋合いは」

「黙りなさい。とにかくチャンダナは使用禁止！　いいですね？」

問答無用で言い渡されても、ヨハンセンは苦虫をかみつぶしたような顔になった。

「う、ぐっ、くそっ……！　結局は蛇神の偏愛を盾にするのではないか……！　家族を殺した神に、よくぞ頼れるものだな……!!」

自分のことを棚に上げ、悔しげにうなるヨハンセンから漂う甘い香り。そこに混じる濃厚な血の匂い。

香りは記憶と密接な関係があるという。全ては自分のせいだというのに、まるで懲りた様子のない表情が、血塗れの妻を心配する様子もない態度が、兄に独りよがりの嫉妬をぶつけていた姿と突如として完全に重なった。

王の証《あかし》となるはずだった剣は、家族の血に塗れたまま処分されてしまったようだ。だが兄が着ていた鎧は動物たちに頼んでこっそり回収し、思い出の品として大切にしていた。

ヨハンセンはそこまでユースカリヤの真似をしたくなかったのか、体格が合わないのが気に食わなかったのか、鎧についても始末を言い付けたきり忘れてしまったようだ。それでいてチャンダナだけは真似しているのが見苦しい。

「――兄様のことが嫌いなくせに、兄様のようになりたいという願いが捨てられない。あなたのそういうところが、一番嫌い」

瞳に人ならぬ火花を散らし始めたアンジェリカは今再び、兄の鎧を着ている。兄の亡霊と間違われる様を何度も聞いた。

邪神ラトゥーと共に、その威を利用しようとした愚かな王を、一時的に蘇ったユースカリヤが成敗した。体裁の良い美談として、話はきれいにまとまるのではないか？

「アンジェリカ」

香りが見せた幻の向こうから、あの時は聞こえなかった声が彼女の肩を抱いた。

「アンジェリカ！」

それでも止まらず、裂けた腕で雷を呼ぼうとしているアンジェリカの全身を、兄よりずっと強い力が抱き締めた。

「やるならオレをやれ。ヨハンセンが調子に乗ったのも、オレが呼び出しに応じたせい……ぐっ……！」

いつになく真剣なカイムの表情が苦痛に歪《ゆが》む。アンジェリカが傷がさらに開くのにも構わず、雷撃を放ったからである。さすがのヨハンセンもあんぐりと口を開いているが、もうどうでも良かった。

「きらい……！」

今さら言っても仕方ない。善悪の判断が人と違う神に文句は通じない。置物でも王妃らしく、公平に、冷静に、対処しなければならない。巨大な能力の反動と出血も手伝い、そういった正論の枷《かせ》が外れたアンジェリカは、子供のようにわめき散らした。

「きらい、きらい……！　ヨハンセンも嫌い、カイムも嫌い……!!　私の家族を殺したやつら、嫌い……!!」

「……分かっていたつもりだったが、言葉にされると、やはり堪えるな」

腕の中でむずがるアンジェリカに苦笑いしたカイムは、されるがままに攻撃を受けながら、なおも彼女を抱き寄せようとする。

「放して、あなたなんて大嫌い……!!　何もできなかった私も、大ッ嫌い……!!」

彼の腕を振りほどこうと、アンジェリカは火花と涙を振《ふ》り撒《ま》きながら暴れる。何年も前に絞り尽くしたはずの悲鳴を聞いて、カイムの眼にこれまでにない光が灯《とも》った。

「本当に、すまなかった……」

具体的に、何に対しての詫《わ》びなのかは分からなかった。多分今でもカイムは、アンジェリカの受けた痛みを心の底から理解しているわけではないのだろう。

その場しのぎのごまかしとも受け取れるが、あのカイムの顔が歪み、黒衣のあちこちに血をにじませるほどの攻撃を浴びながら、それでもアンジェリカに謝っていることだけは事実だった。

「……でも……」

いつしかアンジェリカの手はだらりと下がっていた。二人分の血が入り交じって宮殿の床に跳ねる。

「それでも兄様だけには、あなたは直接手を下していないから……」

妬んでいたユースカリヤを殺す時だけは、ヨハンセンは自力で剣を振るった。だからあんなに時間がかかったのだ。そのことを思い出し、震えるように笑ったアンジェリカは、斬りつけられた跡が残った鎧の胸元に、自分の真っ赤な手を置いた。

白い鎧に飛び散った血は、大切なものを守るために彼女が戦った証だ。父も母も兄も、きっと誇りに思ってくれるだろう。カイムの血、そして夫の血がそこに重なることは、喜ばないだろう。

「――大丈夫。ヨハンセンは、殺しません。兄様が、お前は強い子だと言ってくれたから」

鮮やかなるプラパータ。コルセットなどの流行も取り入れ、フレッドルのような流れ者の侵入も許してしまう国。

事なかれ主義であるが良く言えば大らかで、悪く言えば脇が甘い。しかし兄のことも忘れていない、のんきで薄情な愛する祖国を守るため、力ある者の自制をプラパータ王家は選んできたのだ。

「そういうわけだから、ヨハンセン。死にたくなければ、チャンダナは二度と使わないで」

有無を言わせぬ調子で、アンジェリカは同じ命令を繰り返した。

「それともう一つ。季節の舞踏会にはちゃんと出てあげるから、その時に家族のお墓にお参りをさせて。聖職者も誰も呼ばなくていい。私だけでいいから。あなたは来なくていいから」

「わ、分かった……」

アンジェリカの能力を間近で見た後だ。今度こそヨハンセンは反論しなかった。

「国王陛下！」

そこに走り込んできたのは、見た目ばかりは美しい女性と一匹の犬だった。


「オリガ!?」

ラトゥーが消え去り、騒動は一段落したと察したのだろう。わざとらしく必死な風を装い駆けてきた寵姫《ちょうき》に、ヨハンセンはアンジェリカにやり込められた分の怒りをぶつけ始めた。

「なんだ今さら、何をしに来た！　お前はあの象めに人質に取られた私を見捨て、さっさと逃げたのだろうが……!!」

「誤解です陛下！」

愛犬コーディをひしと抱き締め、オリガは葛藤を語る。

「避難したのは事実ですが、心は常に陛下と共にありましたわ。ですが、しょせんはか弱い女の身、それに可愛いコーディに何かあったらと思うと、身を裂かれるような思いに耐えて逃げたのです……！」

「結局逃げたんじゃないですか」

言い訳が長いだけだ。一言でまとめたアンジェリカが、ヨハンセンを守るために奮戦した兵士などではないことにオリガはようやく気付いた。

「あ、あなた……誰？　まさか、あのアンジェリカ王妃……？」

「そうだ」

アンジェリカがうなずく前に、カイムが自慢げに答えてくれた。オリガがぎゃあ、と眼を見開く。

保身に長《た》けたオリガも、さっきまでラトゥーが暴れ回っていたような状況ではヨハンセンの機嫌を取ることで頭が一杯だったのだろう。遅まきながらカイムの存在に怯《おび》え始めたが、全てがもう手遅れだった。

「黙れ、最早《もはや》お前などに用はない！　再建工事の邪魔になるだけだ、荷物をまとめてさっさと出て行くがいい!!」

さんさんと陽光降り注ぐ青天井を見上げながらヨハンセンが吐き捨てた。破壊された宮殿の修復、それ以外の被害の調査、乱れた人心の回復とやることは山積みだ。

馬鹿にしてきた王妃に馬鹿にされた腹いせも含め、この際不要なものは始末してしまおう。

ヨハンセンが本気でそう計算していると察したオリガが、涙ながらに彼に取りすがる。

「そんな……陛下！　私を王妃にしてくださるとおっしゃったじゃないですか……!!」

「うるさい！　子ができる様子もないお前は用無しだ!!」

「ひ、ひどい……女をなんだと思っていらっしゃるの……!!」

虚《むな》しいやり取りにアンジェリカはため息を吐《つ》いた。夫の女性に対する態度がひどい点には心から同意するが、オリガも彼ばかりを責められる立場ではなかろう。

「きゃっ……!?　あっ、王妃殿下……！」

ヨハンセンに振り払われたオリガにアンジェリカは静かに近付いた。この際こちらにすり寄ろうと考えたのか、ぱっと瞳を輝かせた彼女の耳元に、アンジェリカは冷ややかに囁《ささや》きかけた。

「叩《たた》けば埃《ほこり》の出る身なのですから、このあたりで伯爵家にお戻りになったほうがいいですわよ、オリガ様」

「……え？」

見た目は激変していても、ラトゥーが暴れ出して早々に逃げ出したオリガにとって、アンジェリカはまだおどおどした置物なのだ。言われたこと自体よりも堂々とした態度に圧倒され、反応が遅れた。

「ああ、でも……これ以上、『お父様』と仲良くするのはやめたほうがよろしいかと。書類上のこととはいえ、世間的には親子なのですからね」

小声の囁きで吹き消されたかのように、オリガの眼から光が消えた。容赦なくアンジェリカは真実を突き付けた。

「養母様は、薄々気付いておいでのようよ。宮殿を追い出されたとなれば、これを機に伯爵家を追い出される可能性も高いでしょう。可愛いコーディを路頭に迷わせたくなければ、行き先を探しておいたほうがよろしいかと」

ヨハンセンの寵姫の立場から一歩抜け出すために、オリガは彼に金を積ませて伯爵家の養女になろうとした。しかし、王の権力が制限されているプラパータでは、王命であればなんでも通るわけではない。

どれだけ暮らしが傾こうが、娼婦《しょうふ》風情に家名をくれてやるつもりはない。そう息巻く伯爵が養父になってくれるよう、オリガは彼を誘惑したのだ。

ヨハンセンの寵愛がいつまで続くか分からないこともあり、保険をかけてオリガはいまだに『お父様』との関係を続けている。そこまで含めて知っている、と匂わされたオリガは顔面蒼《そう》白《はく》になった。

「そ、その男に聞いたのね⁉」

以前に「臭い」と脅されたカイムをにらみつけたオリガであるが、彼女程度の気迫など効くはずがない。冷ややかな一瞥《いちべつ》を返されただけで怯《ひる》んだオリガは、震えながら踵を返した。

「ふざけないで、十年も離宮に引きこもっていたくせに……ああ、くそッ!!」

勢いでアンジェリカを罵倒《ばとう》しようとしたが、宮殿を追われる上に醜聞《しゅうぶん》まで知れ渡れば、本当に行き場を失ってしまう。アンジェリカの機嫌を損ねるのはまずい。

そう判断し、青ざめた唇を噛《か》み締《し》めたオリガは走り出し、彼女の後をコーディが追っていった。

「お前に命を救われたことも知らず、いい気なものだな」

「……そこまでお見通しなのね」

肩を竦《すく》めてアンジェリカは、カイムの指摘を認めた。

これまでヨハンセンは何人もの愛妾《あいしょう》を取っ替え引っ替えしては「神授の秘儀」を使い、優秀な後継者を生《な》そうとしていた。だが誰も成功しなかった。

なぜかといえば、アンジェリカたちがひそかに邪魔していたからである。

「あの犬もお前の手下か。道理であの女の犬にしては、ましな匂いがすると思った」

「友達と言ってほしいわね。ええ、コーディは兄様が飼っていた犬の子で、私が彼女に贈ったの。服従の証だとでも思ったのでしょうね、喜んで側《そば》に置いてくれました」

兄の愛犬の忘れ形見、コーディはアンジェリカが直接オリガのところへ送り込んだ。そしてアンジェリカが泣き暮らすのをやめた頃より、多くの動物たちがプラパータ全体から、一部は国外からもアンジェリカに情報を持ってきてくれている。

過度に頼って負担をかけたくないため、基本的には大きな状況の流れを掴むに留《とど》めている。そのためクーリッツたちがラトゥーまで目覚めさせようとしていることは分からなかったが、「神授の秘儀」については最初から的を絞り、積極的に妨害するよう頼んであった。

ヨハンセンが後継者を得れば、何もせずともアンジェリカは処分されかねない。置物王妃の楽しい離宮暮らしが終わってしまう、というのも大きな理由の一つだ。

だが、オリガもそうであるように、何も知らない寵姫たちが「神授の秘儀」に利用されることを止めたいのもまた、大きな理由の一つだった。なぜなら「神授の秘儀」にて子を授かる場合、母胎となった女性は神の子を産む偉業に耐えきれず、多くが命を落とすからである。

「王家が神との接触を断つ方針に転換したのは、秘儀による犠牲者を出さないためでもあるの。あなたの付き合いづらさのせいばかりではないわ、カイム」

付き合いやすいとは言えないが、いかに気の良い神であっても、そうでなくとも等しく崇《あが》めなさい。それ以上の触れ合いを断ちなさい、とアンジェリカは言い聞かされて育ってきた。それだけの話だと改めて念を押してから、オリガが逃げていったほうを見やる。

「オリガはしぶとそうだから、案外子を産んでも生き残ったかもしれないけど……」

「あのたくましさで息子を産んだら、国母として絶対にしゃしゃり出て来るだろうな」

オリガもヨハンセンが後継者を欲しがっていること自体は聞いている。その嗅覚により、息子を産んだら即座に用無しとされる可能性が高いことにも気付いているだろうが、カイムの言うようにおとなしく引っ込んだりはしないに違いない。

「そうなれば、どうせヨハンセンに始末される。今の時点でもらえるものだけもらって、さっさと逃げるのが賢明よ」

成り上がりは自分以外の成り上がりを嫌う。踏み台にされ、追い抜かれるとなればなおさらだ。ここで分をわきまえて引き下がるのが、オリガにとっては一番いい結果になるだろう。

「はっきり口出しできるだけの口実もできたし、もう少しましな女性を宛《あて》がうか、この機会に次の王は血筋に依《よ》らず選ぶよう勧めるか……いずれにしろコーディも帰って来たがっているし、丁度いいわ。あの子を大切にしない飼い主に、これ以上預けておけません」

犬は主人に忠実だが、群れの中の順位づけを明確にして生きる動物である。

コーディにとって主とはアンジェリカであり、オリガは主に不利益をもたらさぬよう見張っている相手に過ぎない。白牛殿への道すがら、カイムから彼女がコーディを蹴飛ばそうとしたことを聞いたアンジェリカは大層憤慨したのだ。

そこへ、こわごわとこちらの様子を窺っている兵士や召使いの間をすり抜け、ルージュが走り寄ってきた。

すでに血は止まっているが、友人の怪我を気遣ったのだろう。足元から泣きそうな瞳で見上げられ、アンジェリカは一つうなずいた。

「レクシオたちが心配しているようね。逃げた者たちも戻ってきたみたいだし、それじゃ帰りましょう、カイム」

この場の始末はヨハンセンにやらせておけばいい。当たり前のように促されたカイムは、かすかに蒼い瞳を光らせた。

「そうだな」

二人で一緒に、蛇の離宮へ帰るのだ。青白い頬に感慨を浮かべたカイムの腕が、さらりとアンジェリカを抱き上げた。

「ぎゃ、ちょっと何をするの……!? 私は王妃なのですよ!?」

折しも集まってきている人々がぎょっとしているではないか。オリガを追い払ったアンジェリカが夫以外の男と触れ合っているようでは、示しがつかない。

「足が悪い王妃が、腕にまでこのような怪我をしているというのに、歩いて帰らせるのか？ オレの名が廃《すた》る」

足が治っている、どころか誰よりも勇ましく戦う姿を一部に目撃されているものの、亡き兄と混同されている雰囲気も強いのだ。雷の秘儀を使ったせいで裂けた腕の傷口も血は止まっているが、完璧に塞がるにはもう少し時間がかかるだろう。

「……あなただって……いいえ、そうね。ちょっと、疲れちゃったかな……」

至近距離で何度も雷撃を受けたはずのカイムだけではなく、その肩に駆け上がってきたルージュにまで説得されたアンジェリカは素直に甘えることにした。眼を閉じた彼女は、悪夢の腕も届かない優しい闇の中へと静かに落ちていった。

終章　仇《かたき》と家族

次に目が覚めた時、アンジェリカは蛇の離宮の自室に寝かされていた。

「！　イーリュー!!」

「にゃああ！」

ぼんやりと視界が開けた次の瞬間、普段は澄まし顔が多いイーリューが椅子を蹴り、飛びつくようにアンジェリカに駆け寄ってきた。同時に黒猫の姿に戻った彼女を、アンジェリカは当て布がないほうの腕でそっと触れる。

「ごめんなさい、心配をかけて。ずっと側《そば》にいてくれたのね、ありがとう」

衛生的な問題もあり、さすがにカイムの服の裾のままではなく、清潔な白い布に取り替えられている。そのことをなんとなく寂《さみ》しく思っているアンジェリカを、音もなく気配が取り囲む。

「蛇たちも、心配してくれていたのね。ありがとう」

ちょろりと姿を見せたのは数匹だが、部屋のあちこちに見えない存在を感じる。上体を起こしたアンジェリカが心からの感謝を述べると、薄暗がりに紛れるように遠ざかっていった。

「腕は……うん、動く動く。痛みは残っているけど、もう少しすれば治るでしょう。私はどれぐらい眠っていたの？　イーリュー」

「五日だ」

右腕を上げ下げしながら尋ねたアンジェリカに教えてくれたのは、椅子が倒れる物音に気付いたのだろう。駆け付けてきたレクシオだった。

「レクシオ。そう、五日も……」

ろくに鍛錬もしていなかった秘儀をいきなり使ったのだ。反動は大きく、休息が必要だろうとは思っていたが、想定より時間が経《た》っていた。見守る側だったレクシオたちにとっても、長かっただろう。

「……うなされているような様子もないし、怪我《けが》はどんどん治っていくからな。目覚めるだろうとは思っていたが……」

潤《うる》んだ目元を隠すように、レクシオは片手で顔を覆った。

「……無事で良かった。あ、すまん、勝手に部屋に入って……」

「いいのよ。私とあなたの仲じゃないの」

その言葉に、レクシオの瞳にはさらに複雑な光が混じり込んだが、彼は切り替えるように首を振った。

「さて、フレッドルや離宮の外にいる連中も心配しているだろう。さっきスーラが来たんだ、ちょっと待っていてくれ。呼んでくる」

「もしかして、ルージュと一緒なんじゃない？　なら邪魔しないであげて……ああ、行っちゃった」

ルージュもきっと、アンジェリカにくっついて離れなかったはずだ。姿が見えないのはスーラが気晴らしに誘ったのではないか、とアンジェリカは気を遣ったが、レクシオは早足に部屋を出ていってしまった。

「……まあいいか。私も、あれからどうなったのか知りたいし」

もう一人の欠けを意識しないように努めながら、アンジェリカはスーラの到着を待った。


案の定ルージュはスーラに誘われたというか、連れて行かれたというところだったらしい。スーラに乗って現れるなり、その背を蹴ってアンジェリカに飛びつき、大きな身振り手振り付きで「ずっと側にいたんだよ」と説明し始めた。

「そうね、たまたまスーラが来ただけなのよね。ところでスーラ、外の様子はどうなっているの？」

寝台の上に舞い降りたスーラがひょいと足を上げてみせる。そこにはフレッドルからの書簡が巻かれていた。レクシオが手に取り、アンジェリカの前に掲げてくれる。

「宮殿は再建中。オリガは与えられていた部屋を取り上げられ、伯爵家に閉じこもっている、か」

　妥当なところだ。そのうち養父母との関係を解かれ、伯爵家からも追い出されるかもしれないが、アンジェリカには関係ない。関係あるのは、彼女に預けている犬だけである。

「コーディは主《あるじ》に放り出されたようでな、こっちに戻ってきてるぜ。怪我なんかはしていないが長旅で疲れたのか、今はあいつも休んでいる。良ければ後で顔を見せてやってくれ」

「あら、コーディ！　……そう、やっぱりオリガは、元々動物が好きというわけではないのね。この状況では、私の贈り物を側に置きたがらないだろうとは思ったけど……」

　王の寵愛《ちょうあい》を失ったオリガはもう脅威ではなく、「神授の秘儀」で殺されることもない。見張っておく必要はないものの、傷心の身にコーディが必要なら……とも考えていたが、甘かったようだ。

　犬に真実を語ることはできないだろう、と甘く見て捨てたに違いない。つらい任務を頼んでしまった分、うんとコーディを可愛《かわい》がろう。猫の姿のまま、くっついて離れないイーリューとの仲も取り持ってやろう。

　そう心に誓いながら、アンジェリカはフレッドルの書簡の続きを読み上げた。

「えー……巷《ちまた》では黒き象の神を呼び出し、世界征服を企んでいたヨハンセンを倒すためにユースカリヤ王子が蘇《よみがえ》り、白き蛇の神と共に戦ったという噂《うわさ》が……うーん……まあ、いいかしら。

ヨハンセンに対する牽制《けんせい》にはなるだろうし」

　当たらずとも遠からず、といったところか。細部の説明をしようとすると、アンジェリカとカイムの諸々《もろもろ》の秘密までバレてしまう。

　それよりはむしろ、噂の一人歩きに任せるとしようとアンジェリカは判断した。

「そうするしかないだろうな。カイムがあたりの森をなぎ倒した痕跡は隠せなかった。ここからあいつが出て来たっていう目撃情報も多い。あちこちから間諜《かんちょう》らしき連中が集まってきていたが、とりあえず全部追い払っておいたぜ」

「いいでしょう。謎の蛇神に庇護《ひご》されし神秘の国、鮮やかなるプラパータ王国、この路線で行きましょう。フレッドルにもその方針を伝えておこ……」

「分かった」

　答えたのはレクシオではなく、その横に忽然《こつぜん》と現れた人影だった。

「……カイ、ム」

　その名を呼んで眼《め》を見開いたアンジェリカに、カイムは落ち着いた声で言った。

「ここへ帰ろう、と声をかけてきたのはお前だろう」

「それは……まあ……そうですけど」

　いるとすれば真っ先に顔を出すものと思っていたカイムが、今の今まで出てこなかった。それは、どこかへ去ったせいだろうと考えていたのだ。

うっかり安心してしまった分も含め、気まずい。困ったアンジェリカが視線を投げたレクシオは、ルージュとイーリューをすくい上げるところだった。

「レクシオ……！」

「フレッドルに今後の方針を伝えるんだろう？　あいつも二日後にまた来る予定だが、お前が目覚めたことも含めて連絡しておいてやるよ。ほら、お前らも来い」

連絡係をしてくれるスーラだけではなく、レクシオは全ての動物たちを連れて部屋を出てしまった。一呼吸置いて、カイムが口火を切る。

「怒っていないのだな」

「え？」

「オレほどの神が付いていながら、お前にそのような怪我を負わせてしまった」

「……今さらの反省？　自慢？　どっち？」

呆《あき》れ顔で聞き返すアンジェリカに、カイムはいきなり礼拝堂の屋根に生えてきた頃と同じ口調で応じる。

「お前の取り巻きたちはいまだに怒っている」

「でしょうね。なら、私から怒らないように言っておくわ。ねえカイム、話はそれだけ？」

彼らしくもない、妙な探りはいいと水を向けると、カイムは心なしか背筋を伸ばした、ような気がした。

「お前はこれからも、オレを盾にしてヨハンセンを見張る気なのだろう？　なら、オレを側に置いておくべきだ」

「……ヨハンセンはそのように誤解しているようですけどね。私個人にもそれなりの力があることは、あなたも知っているでしょう？」

代償はありますけどね、と七割方癒えた右腕をひらひら振ってアンジェリカは笑ってみせた。

同じ場所に例の布を巻いたまま、カイムは平然と言った。

「なら、オレのことも見張っておかないとな。雷撃を出した程度でそれほどの怪我をするのなら、お前にもオレを止めることはできんぞ」

あまりの言い草にぎょっとしたアンジェリカは、急な動きで軋《きし》んだ傷口を庇《かば》いながらわめいた。

「こ、ここまで来て私を脅す気なの!?」

共通の敵を協力して討ち、互いを繋《つな》ぐ情を取り戻したのではなかったのか。愕然《がくぜん》とするアンジェリカを見下ろし、カイムは悲しげに眉を下げた。

「……だめか？」

「きゅ……急に捨てられた犬みたいな顔しないで！　びっくりするじゃないですか……どうしたのよ、何を焦っているの？」

虚を衝《つ》かれたアンジェリカに、カイムは物憂げな表情のままでつぶやく。

「思ったよりも、お前に大嫌いだと言われたのが尾を引いているのだ……」

「あ、そ、そうなの……」

カイムなりに、悲しい言葉を二度と聞かずに済むよう、先に言質を取ろうとして必死だったのだろう。しばらく顔を見せなかったのも、ここに帰ろうという呼びかけに応じて大丈夫かどうか、彼なりに葛藤していたのかもしれなかった。

「私も……また会えたら、謝ろうと思っていて。ごめんなさい、カイム。……もう、嫌いじゃありません」

先に片付けなければならない問題が多く、放置してしまっていたが、カイムに言葉で語る大切さを説いてきたのはアンジェリカなのだ。きちんと謝罪すると、カイムはぱっと顔を明るくした。

「なら、好きだと言ってくれるか」

「あなたねえ……立ち直りが早いのはいいけど、私は王妃だと再三言っているでしょう⁉」

ちょっと殊勝な態度を見せたかと思えば、すぐこれだ。呆れるアンジェリカを、油断のならない蛇神は間を置かず責め立てる。

「ここはオレを奉《たてまつ》る神殿なのだ。ならばここにいるお前は、オレの妃《きさき》ということでどうだ？」

「な……流されませんよ！　それなら神官じゃないの！」

痛みも飛んでいく勢いで、ぎゃあぎゃあ言い争っているアンジェリカの視界に小さな影が飛び込んできた。ルージュ、とその名を呼ぶのと、機敏《きびん》に宙を舞ったルージュがカイムの後頭部にぶつかったのはほぼ同時だった。

カイムのほうもアンジェリカを言いくるめるのに忙しかったのだろう。……おそらくは。リスの衝突に逆らうことなく、恐ろしく整った顔がアンジェリカの視界を埋めた。

「初めて、だったのに……」

うっすらと熱を持った唇を押さえ、アンジェリカは真っ赤になって放心するしかない。

「……本当にヨハンセンとの間には、何も無かったのだな」

つられたように顔を赤くしたカイムの肩の上で、かつての恐怖などなかったかのように、ルージュが偉そうに胸を張っていた。部屋の隅で黒蛇たちも、なんとなく嬉《うれ》しそうにしていた。

あとがき

『置物王妃の白い婚姻　蛇神様の執着により、気ままな幽閉生活が破綻しそうです』を手に取ってくださってありがとうございます！　小野上明夜と申します。

結婚しているヒロインは初めてではないですが、この形は初めてですね。実際はタイトルどおりの白い婚姻ですし、旦那との仲は強要されたもので、本命ヒーローは勝手に押しかけてくる上にあの態度ですし……実はかなり不幸な境遇のアンジェリカですが、湿っぽくならないのはシンプルに彼女が強いからだと思います。本人にもその自覚があるタイプなので、下手をするとヒーローを食ってしまいそうですが、ご安心ください！　ヒーローは彼女より強いです‼

そういうわけでヒーロー・カイムですが、こちらはいっそラスボスのほうが適性があるのかもしれない（笑）精神的にも肉体的にも強すぎて、いっそ無神経な神様です。マイルールで関わる全てを振り回す蛇神様が、アンジェリカと触れ合うことで成長……多少は……していく様を、温かく見守っていただければ幸いです。

サブキャラたちについて。私はこれまでの作家人生において、作中に動物キャラを出すことが少なかったのですが、その埋め合わせをするかのように今回はいっぱい登場します。

ルージュは可愛い上にムードメーカーとしても優秀でそして可愛くて（二回目）、お気に入りです。ピンナップでも取り上げてもらえて嬉しい！　イーリューも可愛い上に優秀で侍女姿も最高です。ビートとゼナは良き門番であるだけではなく、料理もできるところがいいですよね。スーラはカイムと共通する困った点もあるものの、同じだけ顔が良くて（？）一途ではあるので許しちゃうな……。

たぬきとパンダも好きなので出したかったのですが、世界観に合わなかったので断念しました。次こそは……！

人間のサブキャラ、レクシオなどは空回りしている部分も多いですが、その存在自体にアンジェリカが救われているところも大きいと思っています。フレッドルは逆に、アンジェリカに救われているのかもしれない……？　こういう人の本気、ちょっと見てみたい気もしますね。

ヨハンセンは小物過ぎて、作者としては逆に愛してしまうキャラでした。女性の趣味、直していこうね。

オスマン・トルコ風味という、少々珍しいデザインに真摯に取り組み、期待以上のものを生み出してくださったねぎしきょうこ様、どうもありがとうございました！

表紙のカイムと眼が合いそうで合わないところが好きです。アンジェリカ以外に興味がなさ過ぎる（笑）

それでは、またお会いできる日がありますことを願って。

IRIS
ICHIJINSHA

置物王妃《おきものおうひ》の白《しろ》い婚姻《こんいん》
蛇神様《へびがみさま》の執着《しゅうちゃく》により、気《き》ままな幽閉生活《ゆうへいせいかつ》が破綻《はたん》しそうです

2023年10月１日　初版発行

著　者■小野上 明夜
発行者■野内雅宏
発行所■株式会社一迅社
〒160-0022
東京都新宿区新宿3-1-13
京王新宿追分ビル5F
電話03-5312-7432（編集）
電話03-5312-6150（販売）
発売元：株式会社講談社
（講談社・一迅社）
印刷所・製本■大日本印刷株式会社
ＤＴＰ■株式会社三協美術
装　幀■世古口敦志・前川絵莉子
（coil）

ISBN978-4-7580-9581-5

●この作品はフィクションです。実際の人物・団体・事件などには関係ありません。

この本を読んでのご意見
ご感想などをお寄せください。

おたよりの宛て先

〒160-0022
東京都新宿区新宿3-1-13
京王新宿追分ビル5F
株式会社一迅社　ノベル編集部
小野上明夜《おのがみめいや》 先生
ねぎしきょうこ 先生